주석으로 쉽게 읽는

고정욱 그리스 로마 신화 3

주석으로 쉽게 읽는

고정욱 그리스 로마신화

3

사랑과 기쁨, 그리고 죽음

고정욱 지음

애플북스

Greek and Roman
Mythology

차례

1

헬리오스와 아들

신화를 보면 신들이 인간을 만들고 인간들의 삶을 좌지우지하는 것 같지만, 결국 인간들이 만들어낸 이야기일 뿐이다. 대자연의 이치를 이해하기 위해 인간들은 다양한 신들을 만들어냈다. 그 신들의 우두머리는 바로 제우스다. 모든 신들의 왕 제우스는 하늘과 빛의 신으로 비와 우박, 천둥과 벼락을 관장한다. 그러나 인간들의 삶에 영향을 미치는 자연 현상 가운데 가장 중요한 것은 뭐니 뭐니 해도 태양이라고 할 수 있다. 해가 떠오르면 인간들은 잠에서 깨어나 활동하기 시작한다. 농사를 짓기도 하고, 배를 띄워 바다로 나가기도 하고, 멀리 있는 도시로 물건을 팔러 떠나기도 한다. 해가 지면 잠자리에 들어가 휴식을 취한다. 해가 길어지면 여름이 되고 해가 짧아지면 겨울이 된다.

"해가 뜨니 따뜻해서 정말 좋아."

"올해는 해가 좋아 과일이 잘 익고 농사도 풍년이야."

인간들이 이렇게 자신들의 삶에 크나큰 영향을 미치는 태양과 관련된 신을 만들지 않았을 리 없다. 태양의 신은 바로 헬리오스다. 아침마다 어김없이 떠올라 온 세상을 비춰주고 저녁이면 서산 너머로 저무는 태양. 인간들은 이 태양을 헬리오스라는 신으로 형상화했다. 우주가 생겨난 이래 태양은 늘 같은 자리에서 뜨고 같은 자리로 저물었다. 해가 지면 달이 뜨고, 달이 지면 해가 뜨는 것을 인간들은 신의 섭리로 이해했다.

헬리오스가 살고 있는 황금 궁전은 동쪽에 있었다. 그곳에서 밤새 잠을 자고 일어난 헬리오스가 날개 달린 네 마리 말이 끄는 황금 마차를 타고 하늘로 날아오르면 하루가 시작되고, 하루 종일 하늘을 날다가 서쪽으로 내려가면 그것으로 하루가 저물었다.

헬리오스가 잠에서 깨기 위해서는 새벽의 여신이 있어야 했다. 새벽의 여신은 에오스다. 에오스는 밤이 끝나갈 때쯤 오빠인 태양의 신 헬리오스에게 아침이 왔다는 것을 알려주기 위해 나타났다.

"오빠, 일어나세요. 이제 교대해야죠."

날개 달린 에오스는 긴 밤이 끝났음을 알리기 위해 날개를 퍼덕이며 하늘로 올라갔다. 그리고 온 세상에 부드러운 빛을 뿌리기 시작했다. 그러면 검은 어둠에 덮여 있던 세상이 서서히 밝아오며 마침내 헬리오스의 등장을 준비했다. 뿐만 아니라 에오스는 황금으로 된 항아리를 들고 다니며 그 안에 있는 시원한 물을 세상에 뿌려주었다. 그녀가 뿌려준 물이 풀과 나무에 엉긴 것이 바로 이슬이다. 진주처럼 빛나는 이슬을 머금고 대자연은 해가 뜨기를 기다렸다.

새벽의 여신이 오기 전 어둠의 세계는 밤의 여신 셀레네가 지배했다. 흰 옷을 입은 셀레네는 황소가 끄는 마차를 타고 다녔다. 헬리오스가 날개 달린 말이 끄는 마차를 탔다면 셀레네의 이동 수단은 황소였던 셈이다. 셀레네는 뜨겁지도 않고 차갑지도 않은 달을 띄워 구름 사이의 밤하늘을 가로질렀다. 그러면서 온 세상에 평화와 은빛이 내려앉았다. 이러한 셀레네에게도 아픔이 있었다.

셀레네의 연인은 엔디미온★이다. 엔디미온은 끝없이 잠을 자는 사람이었다.

"일어나보세요, 엔디미온. 내가 왔어요."

아무리 흔들어도 엔디미온은 잠에서 깨어나지 않았다. 엔디미온이 이렇게 깊은 잠에 빠진 데는 이유가 있었다. 잘생긴 엔디미온에게는 소원이 하나 있었다. 그의 소원은 영원히 늙지 않는 것이었다.

'어떻게 하면 늙지 않을 수 있을까? 아, 제

엔디미온은 제우스의 아들이라고도 하고, 제우스의 아들인 아이틀리오스와 아이올로스의 딸 칼리케 사이에서 난 아들이라고도 해. 셀레네와의 사랑 이야기로 유명한데, 잠을 자는 동안 셀레네와 사랑을 나눠 '메나에'라 불리는 쉰 명의 딸을 낳았어. 메나에는 50개의 달 이름을 상징하는데, 지금은 그 이름을 모두 알 수 없어. 달의 이름이 50개나 되는 것은 올림피아드 기간이 50개월인 데서 비롯된 것으로 보여.

우스 신에게 가서 부탁해보자. 신들은 영원히 늙지도 않고 죽지도 않는 불사의 존재잖아. 나도 계속 젊은 모습을 유지하고 싶어.'

제우스를 찾아간 엔디미온은 간절히 요청했다.

"저를 영원히 젊게 해주세요. 늙고 싶지 않습니다."

그의 말을 들은 제우스는 고개를 끄덕였다.

"네가 늙지 않으려면 살아 움직이지 않아야 된다. 깊은 잠에 빠져야 하는데 괜찮겠느냐?"

"좋습니다. 저의 젊음만 유지할 수 있다면."

그리하여 제우스는 엔디미온을 깊은 잠에 빠지게 했다. 잠의 신 힙노스*가 그를 사로잡고 놔주지 않게 한 것이다.

영원한 잠에 빠진 엔디미온을 사랑하게 된 셀레네는 사랑의 불꽃을 활활 태울 수 없었다. 매일 밤 엔디미온을 찾아갔지만 그는 결코 깨어나지 않았다. 셀레네는 사랑하는 엔디미온의 얼굴을 은빛 손가락으로 어루만지며 하소연했다.

"사랑하는 당신, 제발 눈 좀 떠봐요. 어서 일어나보세요. 내 얼굴을 봐주세요."

고통스러운 애원이 매일 밤 이어졌지만 엔디미온은 눈을 뜨지 않았다. 셀레네의 얼굴은 그래서 나날이 창백해졌다.

셀레네와 에오스 두 여신이 대지를 휘젓고 지나가면 마침내 헬리오스가 황금 궁전에서 나왔다.

"이랴, 오늘도 떠나자."

채찍을 허공에 휘젓자 철썩 소리가 났다. 그와 함께 황금 마차가 하늘 높이 올라갔다. 헬리오스의 위대한 하루 여정이 시작된 것이다. 수평선 위로 헬리오스의 모습이 떠오르면 잠자던 사람들은 모두 경탄하며 깨어났다.

"아, 오늘도 열심히 일해야 되겠구나."

헬리오스가 하는 일이라고는 동에서 서로 하늘을 한번 가로지르는 것뿐이라고 생각할 수도 있지만, 결코 만만하게 볼 수 있는 일이 아니었다. 힘이 넘치는 네 마리 날개 달린 말을 다스리며 자신이 가야 할 길에서 조금도 벗어나지 않고 마차를 몰고 가는 데는 엄청난 힘과 대단한 집중력이 필요했다. 어디 그뿐인가. 여름과 겨울 등 계절에 따라 그의 여정은 매일 조금씩 달라져야 했다. 조금이라도 어긋나면 큰일이 났다. 게다가 하늘에는 신들이 만들어놓은 수많은 별자리들이 있었다. 전갈도 있고 사자나 개도 있었다. 이런 무서운 괴물들이 버티고 있는 곳을 건드리지 않고 지나가야만 했다.

하지만 헬리오스에게는 자신이 갔던 길을 정확하게 기억하는 방법이 있었다. 인간의 눈에는 보이지 않지만, 365개의 바퀴 자국이 하

힙노스는 잠의 신으로, 신화에 자주 등장하지는 않아. 힙노스는 밤의 여신 닉스가 홀로, 혹은 어둠의 신 에레보스와 사랑해서 낳은 아들로 전해지는데, 죽음의 신 타나토스와 쌍둥이 형제야. 두 날개로 빠르게 날아다니며 대지 위의 인간과 동물들을 잠들게 했지. 잠과 죽음이 쌍둥이 형제라니 정말 잘 설정한 개념 같아. 잠이나 죽음에 빠진 인간은 말하지 않고 움직이지도 않아. 그런 이유로 《성경》에도 죽음을 '잠들다'라고 표현했고, 우리말에도 죽음을 '영원히 잠들다'라는 뜻의 '영면(永眠)'이라는 한자어로 표현하지. 이 신들을 통해 잠에 대한 그리스인들의 생각을 엿볼 수 있어.

헬리오스

눈부시게 빛나는 황금 머리칼을 지닌 아름다운 신 헬리오스는 티탄(거인) 선족으로, 제우스 등 올림포스의 신들이 세상을 지배하기 전에 세력을 떨친 윗세대 신이야. 태양의 신으로, 올림포스 신 중 아폴론과 비슷하다고 생각하면 돼. 굳이 따지자면 제우스의 사촌 형쯤 되고, 제우스의 아들 아폴론에게는 5촌 당숙쯤 된다고 할 수 있어.

늘 길에 나 있었던 것이다. 헬리오스가 그 길을 차례대로 달려감에 따라 계절이 변화하고 사람들의 삶이 바뀌었다. 헬리오스는 단 한 번의 실수도 없이 마차를 몰았다. 헬리오스가 땅을 비춘 이래 그런 일은 한 번도 일어나지 않았다. 무시무시한 별자리 속 괴물들 역시 헬리오스의 마차가 지나갈 때는 감히 가까이 다가가지 못했다. 잘못 다가갔다가는 뜨거운 태양열에 홀라당 타버릴 수도 있었기 때문이다.

"이랴!"

헬리오스가 탄 마차를 끄는 말들은 한 치의 어긋남도 없이 1년 전 여정을 그대로 따라 달려갔다. 헬리오스는 하늘 길을 달리다가 가끔 고개를 들어 아래를 내려다봤다. 자신이 뿜어내는 따뜻하고 밝은 빛을 받으며 사람들은 농사를 지었고 움막에서 기어 나와 기지개를 켰다. 모든 생명의 근원이 자신임을 알고 있기에 헬리오스의 자부심은 그 어떤 신보다 컸다. 그렇게 하늘 꼭대기에 올라가면 가장 뜨거운 빛을 발하며 헬리오스는 아래를 내려다봤다. 그가 볼 수 없는 것은 아무것도 없었다. 땅 위에서 벌어지는 모든 일을 파악할 수 있었다. 헬리오스의 마차가 서산으로 넘어간 뒤 천천히 아래로 내려가면서 하루가 저물었다. 헬리오스는 능숙하게 말들의 고삐를 조였다.

"워워!"

너무 가깝게, 너무 빨리 땅으로 내려가면 대지는 온통 불타버린다. 대재앙이 일어나는 것이다.

저녁이 다가오면 헬리오스는 밝은 빛을 줄여 붉은 노을을 선사했다. 그러면 붉은 노을빛에 세상은 온통 빨갛게 변했다. 헬리오스의 마차가

서산으로 넘어가면 마침내 하루 일과가 끝났다. 그렇게 하루의 수고를 마친 헬리오스에게 인간들이나 대지의 생물들은 모두 감사를 표했다.

"신이시여, 수고하셨습니다. 내일도 다시 당신의 그 밝은 모습을 보여주시옵소서."

해가 진다는 것은 헬리오스가 서쪽 바다 끝에 도착했다는 뜻이다. 그곳에는 하루 종일 날아오느라 피곤한 헬리오스를 위해 황금 배가 기다리고 있었다. 말들과 헬리오스가 휴식을 취하는 동안 배는 항해를 시작해 헬리오스를 동쪽의 빛나는 황금 궁전으로 데려다주었다.

헬리오스의 황금 궁전은 헤파이스토스가 만들었다. 아름다운 보석들을 박아 넣어 솜씨 있게 지은 궁전은 무지갯빛으로 찬란하게 빛났다. 황금 궁전에 도착하면 헬리오스는 비로소 편안하게 휴식을 취했다. 그가 쉬는 동안 세상은 밤의 여신과 새벽의 여신 둘이 관장했다. 새벽의 여신이 물러나면 헬리오스는 깊은 잠에서 깨어나 다시 힘든 여정을 떠났다. 몇십억 년 이상 그의 수고가 이어져왔기에 이 세상은 지금도 평화롭게 돌아가고 사람들 역시 행복한 삶을 살 수 있는 것이다.

이렇게 규칙적인 헬리오스의 삶은 어떤 면에서 인간의 삶과 비슷하다. 그런데 딱 한 번 이 흐름이 깨진 적이 있다. 태양이라는 것이 얼마나 무겁고 무서운 존재인지 보여준 사건이 있었다. 온 세상의 숲이 타버리고 사방에서 불이 나 세상이 온통 잿더미가 된 것이다. 오랜 세월 자신의 임무를 성실하게 수행해온 헬리오스가 이런 대재앙을 일으켰다니 대체 무슨 일이 있었던 것일까?

헬리오스는 클리메네*라는 여인과 사랑에 빠져 파에톤이라는 아들을 얻었다. 파에톤은 아버지를 빼닮아 열정적이고 잘생긴 청년이었다.

아침이 되면 클리메네는 아들을 깨웠다.

"파에톤, 어서 일어나렴. 아버지께서 나오셨구나."

졸린 눈을 비비고 일어난 파에톤이 하늘을 보면 뜨거운 태양이 동쪽에서부터 서쪽까지 항해하고 있었다.

"네 아버지는 한 치의 어긋남도 없이 매일 동에서 서로 하늘을 날아다니시며 우리를 지켜보고 계셔. 저기를 보렴. 아버지 덕분에 온 세상 사람들이 매일 아침 잠에서 깨어나 농사를 짓고 배를 타는 등 생업에 종사할 수 있는 거란다. 너는 긍지를 가져야 돼."

파에톤은 자신의 아버지가 헬리오스라는 사실에 무한한 자부심을 느꼈다.

"아버지는 정말 멋지세요. 저도 아버지처럼 훌륭한 일을 하고 싶어요."

헬리오스는 파에톤의 우상이었다. 그러나 세상은 파에톤이 무탈하게 자라나도록 놔두지 않았다. 그에게 경쟁자가 있었다. 바로 제우스의 아들 에파포스였다. 제우스의 이기적

《그리스 로마 신화》에는 클리메네라는 이름이 많이 등장해. 티탄족인 대양의 신 오케아노스와 테티스의 딸, 프로메테우스의 아내, 테세우스의 어머니 아이트라의 딸, 크레타 왕 카트레우스의 딸 등 클리메네라는 이름의 여성이 여러 이야기 속에 나와. 우리나라에서 '순이'라는 이름이 순박하고 착한 여성의 이미지로 여러 이야기에 등장하는 것과 비슷하지.

인 사랑으로 소가 된 아르고스의 공주 이오는 헤라가 보낸 등에에게 쫓겨 산을 넘고 바다를 건너며 도망다녔다. 마침내 땅끝 카프카스산맥에 닿은 이오는 바위산에 묶여 있던 프로메테우스의 조언을 듣고 이집트로 향했다. 이집트에 가서야 인간의 모습을 되찾은 뒤, 제우스의 아들 에파포스를 낳은 것이다.

자신이 제우스의 아들이라는 사실을 무척이나 자랑스러워하는 에파포스는 파에톤을 만날 때마다 빈정거렸다.

"네가 헬리오스의 아들이라고?"

"맞아. 태양 신이 우리 아버지야."

"하하하. 네 엄마가 너에게 거짓말한 거야. 네 아버지가 누군지는 아무도 몰라."

에파포스의 말은 모욕적이었다.★

"닥쳐. 함부로 말하지 마. 우리 아버지는 저 하늘에 떠 있는 태양의 신 헬리오스가 맞아."

"그걸 어떻게 증명할 수 있는데? 우리 아버지가 제우스라는 것은 온 이집트 사람이 알고 있어. 왜냐하면 우리 어머니가 아름다운 흰 소에서 사람으로 변하는 걸 사람들이 봤기 때문이지. 하지만 네 어머니가 저 뜨거운 태양 신과 사랑을 나눴다는 것을 누가 믿겠냐고."

그 말을 들은 파에톤은 자신이 헬리오스의 아들이라는 것을 확인받고 싶었다. 어머니에게 달려간 파에톤은 에파포스 때문에 느낀 억울함을 호소했다.

"어머니, 에파포스가 자신의 아버지는 제우스라며 저를 무시했어요.

우리 아버지 헬리오스는 제우스보다 못할 것이 없는 위대한 신, 아닌가요?"

"당연하지. 네 아버지가 계시기 때문에 인간 세상이 존재할 수 있는 거란다. 단지 인간들이 제우스를 좀 더 추앙할 뿐이지."

"하지만 어머니, 어머니가 아버지와 사랑해서 저를 낳으시고 양아버지가 저를 길러주셨다는 말을 믿지 않더라고요. 그러면서 어머니가 저를 속이고 거짓말한 거래요."

클리메네는 화가 났다.

"무슨 말이니? 파에톤, 그런 말에 흔들려선 안 돼. 나는 너에게 거짓말한 적 없어. 너를 속인 적 없어."

"하지만 제게는 그걸 증명할 길이 없어요."

"어쩔 수 없구나. 네 아버지의 궁전에 가보겠니?"

"아버지의 궁전이 어디 있나요?"

클리메네는 자신만이 알고 있는 헬리오스의 황금 궁전으로 가는 길을 알려주었다. 해가 떨어지자마자 파에톤은 황금 궁전으로 달려갔다. 어머니가 알려준 길을 따라 동굴을 지나고 폭포를 가로지르고 산과 계곡을 지나자 마

에파포스란 이름은 '제우스의 손길'이라는 뜻을 가지고 있어. 에파포스는 어렸을 때 그를 찾아내 죽이려고 하는 헤라의 눈을 피해 시리아에서 비블로스 왕의 아내에게 양육되었어. 그러다 이집트로 돌아와 나일강의 신 네일로스의 딸 멤피스와 결혼해 리비에를 낳았지. 리비아는 그녀의 이름을 딴 나라야.

자신의 아버지가 제우스라는 데 강한 자부심을 가졌던 에파포스는 태양 신의 아들이라는 파에톤을 왕따시켰어. 귀족들 사이에서 격이 떨어지는 자를 비하하고 따돌리는 건 우리나라 고대 신화에도 많이 나와. 고구려의 시조 고주몽이 어렸을 때 금와왕의 아들들에게 따돌림당한 것이 대표적인 예라고 할 수 있지. 이런 것을 보면 인간에게는 끼리끼리 어울리며 남을 어떻게든 깔보려는 성질이 있는 것 같아.

침내 눈앞에 황금 궁전이 보였다. 황금 궁전으로 달려 들어간 파에톤은 크게 소리쳤다.

"아버지! 제가 왔습니다."

잠자던 헬리오스는 깜짝 놀라 일어났다.

"너는 누구냐?"

"헬리오스 신이시여, 저는 클리메네의 아들 파에톤입니다. 저는 위대한 태양 신이신 당신을 제 아버지라고 믿고 있습니다. 당신은 제 아버지가 맞으십니까?"

헬리오스는 바로 알아봤다. 클리메네와 꼭 닮은 잘생긴 아이가 자신의 아들임을 확신할 수 있었다. 파에톤이 왜 이곳까지 오게 되었는지 상세하게 털어놓자 헬리오스는 크게 분노했다.

"뭐라고? 누가 그따위 말로 너에게 상처를 주었느냐? 너는 내 소중한 아들이 맞다. 당장 어리석고 교만한 에파포스를 잡아와 불에 태워버리겠다. 내 아들을 모욕할 수 있는 자는 이 세상 어디에도 없다. 제우스의 아들이라는 그 녀석도 마찬가지다. 당장 그 녀석을 데려와라."

하지만 사방이 휘황찬란하게 빛나는 황금 궁전을 둘러보며 파에톤은 마음이 변했다. 이제 그의 관심사는 진실을 밝혀 자신의 신분을 과시하는 것이 아니었다. 화려한 황금 궁전과 멋진 황금 마차, 그리고 날개 달린 말들을 보자 그는 다른 꿈을 품게 되었다.

"아버지, 아버지의 아들이라는 것을 제가 직접 증명하게 해주십시오. 저는 에파포스 한 녀석의 코를 납작하게 하는 것으론 만족할 수 없습니다. 에파포스는 물론 그동안 저를 의심했던 이 세상 모든 사람들을 깜짝 놀라게 하고 싶습니다."

"좋은 생각이긴 하다만 그런 헛소리에 흥분할 필요 없다. 내가 너의 아버지라는 것을 확인해주지 않았느냐?"

"저는 더 이상 그런 헛소리를 들으며 살 수 없습니다. 도저히 참을 수 없습니다."

헬리오스는 흥분을 가라앉혔다. 점점 더 흥분하는 아들을 보며 아버지인 자신은 이성을 찾아야 한다고 생각했기 때문이다.

"아들아, 높은 산꼭대기에 올라가서 내가 말하는 대로 해라."

"어떻게 하면 되겠습니까?"

"나의 아버지는 헬리오스고, 나의 어머니는 클리메네다! 이렇게 외치면 될 것 아니냐."

"그렇게 말하면 다들 저에게 정신 나갔다고 할 겁니다. 누가 그 말을 믿겠습니까? 사람들은 증거가 있어야 믿습니다. 확실한 증거가 없다면 그들은 제 말을 우습게 여길 겁니다."

"그렇다면 내가 어떻게 하길 바라느냐?"

파에톤은 생각했다. 아버지가 꼼짝없이 자신의 소원을 들어주게 하려면 먼저 맹세를 받아야만 했다.

"아버지, 먼저 맹세를 해주십시오."

"맹세하라고?"

"네, 제가 원하는 것을 들어주시겠다고 맹세하셔야 마음을 놓을 수 있을 것 같습니다."

"신의 맹세는 가볍게 할 수 있는 것이 아니다. 게다가 이 일은 내가 맹세할 정도로 크고 중한 일이 아니다."

"그렇다면 저는 평생 슬픔에 빠져 살 수밖에 없을 겁니다."

하나뿐인 아들이 낙담하고 슬퍼하는 모습을 본 헬리오스는 마음이 약해졌다. 그 역시 자식에게는 한없이 무른 아버지였다.

"좋다. 너의 소원을 딱 한 번만 들어주마. 네가 원하는 것을 해주겠다. 네 소원이 무엇이냐?"

너무 기쁜 나머지 파에톤은 환호성을 질렀다.

"아버지, 감사합니다. 제 소원을 말씀드리겠습니다."

"어서 말해봐라."

"단 하루만이라도 아버지의 황금 마차를 몰아보고 싶습니다!"

"뭐라고?"

"황금 마차를 타고 하늘을 가로질러보고 싶습니다. 제가 정말 아버지의 아들이라는 것을 그것보다 더 확실하게 증명할 수 있는 방법은 없을 겁니다."

순간 헬리오스는 당황했다.

"아들아, 마음을 가라앉히고 다른 소원을 이야기해봐라."

"왜 그러십니까? 제가 원하는 것을 들어주시겠다고 맹세하지 않으셨습니까?"

"아들아, 내가 모는 황금 마차는 보통 마차가 아니다. 신들의 제왕 제우스도 몰 수 없고, 뛰어난 기술자인 헤파이스토스 역시 조종할 수 없다. 그러니 다른 것을 요구해라. 다른 소원이라면 무엇이든 들어주겠다. 네가 원하면 커다란 호수를 단숨에 증발시킬 수도 있고 강물이 마르게 할 수도 있다. 이 정도면 되지 않겠느냐?"

"싫습니다. 제가 아버지의 황금 마차를 타고 하늘을 날아가는 것을 이 세상 사람들에게 보여주고 싶습니다. 제가 아버지의 아들이라는 것을 증명할 수 있는 방법은 그것밖에 없습니다."

"그것만은 곤란하다."

"맹세하시지 않으셨습니까? 신의 맹세는 함부로 어길 수 없는 법이라고 바로 아버지가 말씀하셨습니다."

"맞다. 내가 너에게 약속을 했고 맹세를 했다. 그런데 이것은 보통 문제가 아니다. 네가 말할 수 있는 수천 가지 소원 중 하나를 들어주겠다고 한 건데, 너는 하필이면 가장 위험한 소원을 얘기했다. 이 마차를 모는 것은 너를 파멸로 이끌 것이다."

그러자 파에톤은 화를 내며 돌아앉았다.

"그것 말고는 원하는 것이 없습니다. 제 소원은 오직 그것뿐입니다. 아버지, 제 소원을 들어주십시오. 하루만 빌려주십시오. 딱 한 번 황금 마차로 세상을 여행한 뒤 다시는 불만을 갖지 않겠습니다. 제게도 좋은 경험이 되지 않겠습니까? 어느 부모가 자식이 성장할 수 있는 좋은 교육의 기회를 마다한단 말입니까?"

헬리오스는 난감했다. 그는 다시 한번 아들을 설득하려 애썼다.

"아들아, 너는 이 일로 목숨을 잃을 수도 있다. 죽어도 좋단 말이냐?"

"죽어도 좋습니다. 아니, 꼭 죽지 않고 살아서 마차를 몰고 돌아오겠습니다. 그러니 저에게 방법을 알려주십시오."

"사랑하는 아들아, 제발 소원을 바꿔라. 이 아비의 말을 들어다오. 저 말들은 너무나 거칠고 사나워서 평범한 인간은 절대로 다룰 수 없다. 게다가 인간인 너는 모르겠지만, 하늘에는 수많은 괴물들이 살고 있다. 그 괴물들을 보는 순간, 너는 심장이 멈출 만큼 놀랄 것이다. 그렇게 놀라서 조금이라도 고삐를 당기거나 늦추면 하늘 길에서 벗어나게 된다. 그럼 너는 죽을 것이다."

"아버지, 제 마음은 절대 바뀌지 않습니다. 제 소원을 들어주십시오. 맹세하시지 않았습니까?"

아무리 신이라 해도 맹세는 무서운 것이었다. 헬리오스는 아들의 마음을 돌이킬 수 없다는 것을 깨달았다. 그의 아들은 파멸하고 말 게 분명했다. 어떻게든 불행을 막아야 했다. 파에톤의 마음을 돌리려고 애쓰던 헬리오스는 마침내 고개를 끄덕였다.

"오냐. 어쩔 수 없구나. 이제 곧 마차가 하늘 길에 올라야 할 시간이다. 이리 오거라."

헬리오스는 아들의 온몸에 태양의 열기를 막아줄 마법의 고약을 꼼꼼히 발랐다.

"잘 들어라. 고삐를 잡을 때는 있는 힘껏 잡아라. 자신보다 강한 자가 고삐를 잡고 있다고 느껴야만 말들이 말을 듣는다. 그리고 여기 채찍이 있지만 절대로 사용해선 안 된다. 채찍을 쓰는 순간, 말들은 분노해서 사나워질 것이다. 저 하늘을 봐라. 네가 오늘 가야 할 길이 보일 것이다. 딱 1년 전 내가 갔던 길이다. 오늘은 네가 저 길로 마차를 몰고 가야 한다. 저 길에서 벗어나는 순간, 재앙이 시작될 테니 절대 저 길을 놓쳐선 안 된다."

"알겠습니다, 아버지. 반드시 성공해 보이겠습니다."

파에톤은 신이 났다. 드디어 아버지의 황금 마차를 몰 수 있게 된 것이다. 파에톤은 잔뜩 흥분한 나머지 옆에서 차근차근 일러주는 헬리오스의 말이 하나도 귀에 들어오지 않았다. 십 대 아이들은 부모의 말을 듣지 않는 것이 본능과도 같다.

"아들아, 절대로 아래를 내려다봐선 안 된다. 아래를 보면 두렵고 어지러워질 것이다. 올라갈 때는 말들에게 힘을 주어야 되지만 꼭대기까지 올라갔다 내려올 때는 고삐를 잡아당겨서 말들의 속도를 늦춰야 한다. 있는 힘껏 고삐를 당겨야 한다. 알겠느냐?"

"네, 네, 알겠습니다. 어서 마차를 몰고 싶습니다."

파에톤은 아버지의 말을 건성으로 들었다.

"아, 저기 에오스가 오고 있구나. 어서 마차에 올라타라. 아들아, 내 당부를 잊어서는 안 된다."

"아버지, 알았습니다. 빨리 준비해야겠군요."

파에톤은 마차에 뛰어올라 고삐를 확 잡아당겼다. 그 순간, 말들이 깜짝 놀라 제자리에서 뛰어올랐다. 황금 궁전의 문이 서서히 열리는 게 보였다. 문이 열리자 말들은 날개를 펴고 궁전을 빠져나와 달리기 시작했다.

멀어지는 아들을 보며 헬리오스는 뒤늦게 외쳤다.

"아들아, 안 되겠다. 내려오너라. 지금이라도 늦지 않았다."

하지만 말들은 이미 하늘 길로 올라간 뒤였다. 어린 아들이 황금 마차를 모는 것을 보면서 헬리오스는 마음이 찢어질 것만 같았다. 아들이 죽어 하데스가 다스리는 타르타로스로 끌려갈 것이 불을 보듯 뻔했기 때문이다.

"아, 저토록 어린 아이가 한순간의 잘못된 선택으로 벌써 하데스가 다스리는 타르타로스로 가게 될지도 모른다니. 있을 수 없는 일이다. 아아, 내가 무슨 짓을 했단 말인가."

헬리오스는 파에톤이 마차에 올라 말들의 고삐를 잡아보면 두려워서 금방 내려올 것이라고 생각했다. 하지만 파에톤은 그 정도로 철이 든 아이가 아니었다. 오로지 태양 신의 마차를 몰게 되었다는 사실에 기쁠 따름이었다. 아버지가 아무리 걱정한들 어린 아들의 귀에는 한마디도 들리지 않았다.

'에파포스 따위는 이제 감히 나를 놀리지 못할 거야. 우리 아버지가 헬리오스라는 걸 부정할 수 없을 테니까.'

파에톤은 너무 신이 나서 고삐를 마구 잡아당겼다. 아버지가 일러준 말들은 잊은 지 오래였다. 허공에 채찍을 휘두르자 말들은 깜짝 놀랐다. 말들은 고삐를 잡고 있는 게 평소에 마차를 몰던 주인이 아니라는 것을 금세 알아차렸다.

'아, 정말 멋져. 이렇게 멋진 마차를 매일 몰 수 있다면 얼마나 좋을까. 가끔 내가 몰 수 있게 해달라고 아버지에게 부탁해야지. 오늘 멋지게 마차를 몰아서 아버지보다 내가 훨씬 실력이 좋다는 걸 보여드리겠어.'

파에톤이 헛된 꿈에 사로잡혀 있는 사이, 마차는 하늘 길에서 조금씩 벗어나고 있었다. 파에톤은 이를 전혀 눈치채지 못했다. 뿐만 아니라 채찍으로 말을 때려서는 안 된다는 아버지의 말도 잊어버렸다. 파에톤은 눈앞에 보이는 거대한 말의 엉덩이를 마구 채찍질했다. 깜짝 놀란 말은 펄쩍 뛰어올랐다. 말들은 하늘 길에서 벗어나 미친 듯이 달리기 시작했다. 아버지가 알려주었던 길은 전혀 보이지 않았다. 말들은 하늘 이곳저곳을 마구 달렸다. 파에톤은 서서히 두려워졌다.

"어디지? 길이 안 보여. 원래 길로 가자, 원래 길로."

힘껏 고삐를 당겨봤지만 잔뜩 흥분한 말들은 이미 제어에서 벗어난 뒤였다. 길을 찾아보려 했지만, 말들은 점점 더 엉뚱한 곳으로 달려갔다.

"내 말을 들으란 말이야!"

있는 힘껏 고삐를 당겼지만 말들을 제어할 수 없었다. 채찍을 휘두를수록 말들은 더욱더 흥분했다. 그러다가 마차가 전갈자리를 침범했다. 결코 가서는 안 될 길이었다. 무시무시한 전갈이 지독한 독을 뿜으며 파에톤에게 다가왔다.

"슉슉! 어떤 자가 감히 여기까지 왔단 말이냐!"

자신의 영역에 침입한 적을 가만히 놔둘 리 없었다. 전갈이 독을 뿌리며 다가오자 파에톤은 너무 놀라 그만 고삐를 놓쳐버리고 말았다.

"아아악!"

고삐를 놓친 파에톤은 마차 손잡이에 간신히 매달렸다. 통제에서 완전히 벗어난 말들은 제멋대로 달리기 시작했다. 하늘 위로 올라갔다 내려갔다 좌로 갔다 우로 갔다 빙빙 돌기도 했다. 아래로 내려가면 땅이 너무 뜨거워져 숲과 마을에 불이 붙으며 모든 것이 순식간에 불덩어리가 되었다. 하늘 높이 날아오르면 구름에 불이 붙어 사방에서 연기가 나고 매캐한 기운이 치솟았다. 파에톤은 도저히 숨을 쉴 수 없었다.

"아아, 이걸 어떡하면 좋아! 이걸 어떡하면 좋아! 말들아, 제발 내 말을 들어줘! 제발 부탁이야."

아버지의 충고를 떠올려보려 했지만 하나도 기억이 나지 않았다. 아버지의 이야기를 잔소리로만 여겨 귓등으로도 듣지 않았기 때문이다. 파에톤은 당황한 마음을 감출 수 없었다.

"아, 아버지의 말씀을 제대로 들을걸. 이제 어떻게 하면 좋지?"

마차가 낮게 날자 지나가는 자리마다 온통 불바다가 되었다. 세상이 온통 불타올랐다. 산봉우리와 산등성이, 심지어 강과 호수도 안전하지 않았다. 이다산과 페리온산도 불탔다. 카프카스산맥과 아시아의 숲에도 불이 붙었다.★ 풀밭은 잿빛으로 변하고 꽃씨는 불덩어리가 되었다. 사람들은 모두 도망치기 바빴다. 요정들은 동굴로 몸을 피했다. 성벽은 무너져 내리고, 우물과 시내는 말라비틀어졌다. 사방에 불타고 남은 재가 흩날렸다. 나일강과 유프라테스강은 끓어오르며 하얀 김이 피어올랐다. 부연 수증기가 끊임없이 하늘로 올라갔다. 흙과 바위가 녹아 붉은 용암이 강물처럼 흘러내렸다. 땅의 갈라진 틈으로 뜨거운 용암이 흘러 들어가자 땅속에 살던 요정들과 신들은 경악했다.

"이게 대체 어떻게 된 일이냐?"

평화롭게 휴식을 취하던 대지의 여신 가이아는 갑자기 뜨거운 용암이 흘러넘치자 깜짝 놀라 사태를 파악하는 데 나섰다. 그녀는 자신이 애써 가꾼 대지가 불덩어리로 변해버린 것이 바로 낮게 떠 있는 태양 때문이라는 것을 알게 되었다. 가이아는 제우스를 향해 외쳤다.

"세상의 주인 제우스여, 정신을 차리시오. 나의 대지가 온통 불타오르고 있소이다. 이렇게 되도록 무엇을 하고 있었습니까? 인간들이 모두 죽어버리면 당신에게 제물을 바칠 자도 없어질 거요. 온 세상이 다시 카오스가 되어도 괜찮다는 겁니까? 그동안 애써 일군 것들이 모두 다 물거품이 되게 생겼소. 어서 불을 끄시오."

그때 이미 제우스는 올림포스산에서 달려오고 있었다. 사태의 심각성을 알아챈 것이다. 제우스는 자신의 벼락을 모두 내려보냈다.

꽈과광 쿵쿵!

벼락이 치면서 검은 먹구름이 몰려오더니 장대 같은 비가 쏟아져 내리기 시작했다. 대지를 온통 태우고 있던 불이 꺼지기 시작했다. 제우스는 마지막 남은 벼락 한 방으로 파에톤이 타고 있는 황금 마차를 쏘아 맞혔다.

꽈광!

제우스의 벼락은 정확했다. 황금 마차는 산산조각 나버렸다. 파에톤은 유성처럼 창공으로 튕겨 나갔다. 정신을 잃은 파에톤은 새까맣게 그을린 채 아득히 멀고 먼 에리다노스강으로 떨어졌다. 그 모습을 지켜보고 있던 서쪽 나라의 요정 헤스페리데스가 달려왔다.

이다산은 그리스 크레타섬에 있는 산이고, 페리온산은 그리스 북부 테살리아 지방에 있는 산이야. 카프카스산맥은 흑해에서 카스피해까지 북서쪽에서 남동쪽을 향해 뻗어 있는 산맥으로 코카서스산맥이라고도 해. 쉽게 말해 그리스와 유럽, 아시아까지 모조리 불에 타버렸다는 이야기지. 북아프리카에 사막이 생기고 에티오피아 사람들의 피부가 까맣게 된 것도 이 때문이라고 해.

"하늘에서 파에톤이 떨어졌어. 불쌍하기도 해라. 어서 구해주자."

요정들이 달려와 강에 빠진 파에톤을 건져 올렸다. 그러나 그는 이미 죽은 뒤였다. 요정들은 슬퍼하며 그의 시신을 강둑에 고이 묻어주었다.

"이렇게 어린 아이인데 하데스의 타르타로스로 가버렸어."

"이럴 수가……."

그렇게 장례식을 치러주었기에 파에톤의 영혼은 하데스가 다스리는 죽음의 세상으로 들어갈 수 있었다.

한편, 헬리오스의 황금 마차가 망가지자 바로 밤이 되었다. 그다음 날, 헬리오스가 죽은 아들을 애도하느라 하루 종일 해가 떠오르지 않았다.★

'이제 겨우 만난 아들을 잃다니. 오늘은 마차를 끌고 나가고 싶지 않구나. 이 세상이 암흑으로 가득 찬다 해도 어쩔 수 없다. 내 마음이 바로 암흑이니까.'

슬픔에 빠진 헬리오스는 하루 동안 마차를 몰고 나가지 않았다.

파에톤은 하늘 높이 날고 싶다는 열망을 가지고 있었다. 하늘을 날아오름으로써 사람들의 선망을 받고 태양 신의 아들이라는 자신의 존재 가치를 인정받고 싶었던 것이다. 비록 불행한 결말을 초래했지만, 열망을 가지고 있다는 것 자체는 사실 죄가 아니다. 다만, 그 열망을 실천하는 과정이 어리석고 미숙했기에 이런 재앙이 만들어진 것이다. 어리석고 철없는 아들이지만 헬리오스는 그를 사랑했다. 돌이켜 생각해보니 한편으로는 자신의 아들답다는 생각도 들었다.

"파에톤, 너의 죽음은 더없는 슬픔이지만 너는 진정 나의 아들답구

나. 비록 무모한 도전이지만 자신의 한계를 뛰어넘으려 했다는 것만으로도 나는 너를 자랑스럽게 여길 것이다."

세상 사람들의 머릿속에 파에톤은 강렬한 기억으로 남았다. 인간이지만 신의 영역에 도전한 그의 용기는 칭송받아 마땅하다. 그러한 용기가 퍼져 나가며 인간들은 신의 영역에 계속 도전했다. 그 결과, 인간들은 점점 신의 영역을 침범하게 되었고, 오늘날 더 이상 신을 믿지 않는 지경에 이른 것이다.

헬리오스는 땅에 있을 클리메네가 생각났다. 자식을 잃은 어미의 마음이 얼마나 아플지 도저히 짐작조차 할 수 없었다. 그러나 그가 할 수 있는 것은 그 무엇도 없었다.

한편, 클리메네는 두려움에 떨면서 하늘 길을 달리는 아들을 지켜보았다.

'아, 저 아이의 아버지가 누구인지 내가 괜히 말해준 것 같아. 저렇게 높은 곳에서 달리다가 떨어지면 어쩌지?'

클리메네는 찬란한 태양 빛에 눈이 시린 것을 참으며 하늘을 응시했다. 태양이 떠오르다 도중에 내려앉더니 세상이 온통 불타오르고

이런 현상은 과학적으로 설명할 수 있어. 가장 먼저 떠오르는 건 일식이야. 개기일식이 일어나면 달이 태양을 완전히 가리기 때문에 세상이 온통 어두워지지. 사람들이 개기일식으로 캄캄해진 하늘을 보고 헬리오스가 슬픔에 빠져 마차를 몰고 나오지 않았다고 생각했을 수도 있어. 우주에서 작은 운석이 떨어져 지구 어딘가에서 폭발이 일어났을 수도 있지. 그 여파로 연기와 먼지가 대기권에 빠르게 퍼져 해가 떠도 암흑이 걷히지 않았던 거야. 이처럼 옛사람들은 이유를 알 수 없는 무서운 자연현상을 이해해보려고 신화를 만들어내기도 했어.

결국 제우스의 벼락을 맞아 떨어지는 것을 보고 말았다.

"아, 파에톤. 우리 아들을 찾아야 해. 아들을 찾아야 해."

클리메네는 파에톤이 떨어진 방향으로 미친 여자처럼 달려갔다. 그렇게 몇 날 며칠 달려가 마침내 에리다노스강에 이르렀다. 그곳에서 그녀는 요정들을 만나 파에톤의 무덤이 어디인지 알게 되었다. 클리메네는 아들의 무덤 앞에 엎드려 통곡했다.

"내가 왜 그 비밀을 말해주었을까. 아이들이 모욕하든 놀림감이 되든 이겨내고 사는 게 진정한 용기인데, 파에톤 너는 어째서 이런 방식으로 네 용기를 증명하려고 한 거니……."

그녀는 자신을 원망하고 아들을 원망하며 한없이 울었다. 클리메네의 딸들인 헬리아데스도 어머니를 따라와 비통한 눈물을 흘리며 오빠의 죽음을 슬퍼했다.

"어머니, 이제 가셔야죠."

"나는 떠날 수 없다. 우리 아들을 놔두고 어찌 떠난단 말이냐."

클리메네와 딸들은 날이면 날마다 밤이면 밤마다 파에톤의 무덤 앞에서 통곡했다. 그들의 비통함은 신들에게도 전달됐다.

"아, 저들의 울음소리가 너무 애통하구나. 저들을 물가의 나무로 만들어 그 슬픔을 기리게 하라."

그들은 강가에 뿌리를 내린 버드나무로 변했다. 바람에 힘없이 흔들리는 나뭇가지의 애잔한 움직임은 그들의 비통함을 보여주는 듯했다. 나무껍질에서 흘러나온 눈물은 태양 빛에 굳어 호박이 되어 에리다노스강에 떨어졌다. 에리다노스강 주변에 유독 버드나무가 가득한 이유는 바로 이 때문이다. 사람들은 이곳의 버드나무를 '우는 버드나무'라고 불렀다.

아들 파에톤의 죽음을 단 하루 애도한 뒤, 헬리오스는 자신의 임무를 한 번도 빼놓지 않고 수행하고 있다. 태양에 대한 숭배가 오늘날까지도 전 세계에서 계속되고 있는 것을 보면, 헬리오스는 제우스보다 행복한 신인지도 모른다.★

태양 숭배의 역사는 매우 오래됐어. 인류의 거의 모든 문화권에서 태양은 신화의 소재로 쓰였지. 왕이 태양의 아들이라고 생각하는 것이 가장 대표적이야. 사람들은 태양에 대해 지상과 지하의 연결자이고, 빛과 생명을 주며, 모든 것을 알고 있는 존재라고 생각했어. 우리나라에서도 해모수나 박혁거세 같은 개국 신화의 영웅들은 거의 다 태양과 연관돼 있어. 〈해와 달이 된 오누이〉라는 이야기도 태양과 연관돼 있지. 태양신을 기리는 축제나 서커스 등이 아직까지 인기 있는 것을 보면 우리에게 태양이 얼마나 소중한 존재인지 알 수 있을 거야.

2

포도주의 신 디오니소스

제우스의 대표적인 이미지는 '호색한'이다. 화려한 여성 편력으로 수많은 문제를 일으켰으면서도 제우스는 자기 버릇을 개 주지 못했다. 어느 날, 제우스는 테베의 시조 카드모스★ 왕의 딸 세멜레를 보고 또 한눈에 반해버렸다.

그 어떤 여인보다 아름답고 우아한 외모에 왕가의 기품까지 지닌 세멜레 공주는 사람들은 물론이고 신인 제우스까지 홀딱 반할 수밖에 없는 사람이었다. 단점이 있다면 귀가 얇다는 것이었다. 화려한 궁전에서 아쉬울 것 없이 살면서 모든 사람들에게 사랑받고 떠받들어지는 공주라 그런지 좀처럼 남의 말을 의심할 줄 몰랐다.

제우스는 세멜레를 보자마자 자신의 여인으로 만들겠다고 결심했다. 세멜레가 궁전 밖으로 나와 노니는데, 잘생긴 청년의 모습으로 변신한 제우스가 나타나 사랑을 속삭였다. 마침내 그녀의 마음을 사로잡은 제우스는 사랑을 나눈 뒤 그녀에게 말했다.

"나는 신들의 왕 제우스다. 아이를 낳으면 아버지가 제우스라는 사실을 알려주거라."

세멜레는 믿을 수 없었다. 하지만 제우스가 순식간에 사라지는 것을 보고는 자신이 신들의 왕 제우스의 아이를 잉태했다는 사실을 받아들이게 되었다.

"아, 정말 가슴 설레는 일이야."

자신이 제우스의 아기를 가졌다는 사실에 감격한 세멜레는 몸조심하며 아홉 달 뒤 아기가 태어나기만을 기다렸다. 그러나 이 아기의 운명은 순탄하지 못했다. 세멜레는 무사히 아기를 낳아서 자신의 젖을 먹이며 행복하게 키울 수 있는 운명을 타고나지 못했다. 바로 제우스의 시기심 많은 아내 헤라 때문이었다.

제우스가 세멜레와 사랑에 빠져 아이를 갖게 했다는 사실을 알게 된 헤라는 분통이 터

테베에 얽힌 신화나 전설에 단골로 등장하는 카드모스는 지중해와 아프리카에까지 그의 이야기가 퍼져 있을 정도야. 한마디로 우리나라의 홍길동 같은 존재라고 할 수 있지. 누이동생 에우로페를 찾아 떠난 왕자들 가운데 한 사람으로, 여기저기 방방곡곡 뒤지고 다녔지만 여동생을 찾을 수 없었어. 하지만 냉혹한 아버지는 그에게 여동생을 찾기 전에는 고향으로 돌아올 생각은 꿈도 꾸지 말라고 몰아세웠지. 고향으로 돌아갈 수 없었던 카드모스는 델포이에 있는 아폴론 신전에서 신탁을 받아 도시를 건설해. 신탁의 내용대로 옆구리에 둥근 달 모양 점이 있는 소가 가는 곳을 끝까지 따라가서 세운 도시가 바로 테베야.

졌다. 미리 막지 못한 것이 아쉬웠다. 하지만 후회해도 소용없었다. 헤라는 다른 방법을 쓰기로 했다.

'세멜레, 네가 감히 제우스의 정기를 받아 아이를 가졌다고? 대체 어떻게 생겼길래 제우스가 반했는지 어디 한번 보자.'

헤라는 혼자 있는 세멜레 앞에 나타났다. 그런데 세멜레가 너무 아름답고 우아할 뿐만 아니라 여성인 자신이 봐도 사랑스럽게 느껴지는 것 아닌가. 헤라의 질투심은 더욱더 커졌다.

"세멜레, 나의 말을 들어라. 나는 헤라다."

"고귀하신 여신님, 어찌하여 저에게 오셨습니까?"

순간, 세멜레는 땅바닥에 엎드렸다. 지은 죄가 있기에 세멜레는 부들부들 떨며 두려움을 감추지 못했다.

"네가 제우스의 아기를 가진 게 맞느냐?"

"그렇습니다. 제우스 신께서 미천한 소녀를 사랑해주셔서 제가 감히 생명을 잉태했습니다."

"제우스가 너를 사랑한다고? 그럴 리 없다. 너 외에도 많은 여자들이 자신을 사랑한다고 생각했지만, 그것은 다 착각으로 드러났다."

"아닙니다. 제우스 신께서는 저를 진정 사랑한다고 하셨습니다."

"그래? 그럼 제우스가 진짜로 너를 사랑하는지 시험해보면 될 것 아니냐? 너는 가짜 제우스에게 속은 것이다. 만일 네가 만난 그가 진짜 제우스라면 신의 모습을 보여달라고 해봐라."

"네? 신의 모습이요?"

"그래. 너를 만났을 때 그는 인간의 모습을 하고 있지 않았더냐?"

"맞습니다. 아주 잘생기고 듬직한 분이셨지요."

"그러니까 하는 말이다. 널 사랑한다는 그자가 진짜 제우스라면 신의 모습을 보여달라고 해봐라. 거절한다면 그것은 바로 그가 사기꾼이라는 증거다."

헤라는 미끼를 던지고 올림포스로 돌아갔다. 귀가 얇은 세멜레는 헤라의 말을 가볍게 넘기지 못했다.

'그 사람이 정말 제우스라고 거짓말해서 나를 겁탈한 나쁜 남자면 어떡하지? 아니야. 몸에서 광채가 났는데……. 하지만 내가 잘못 봤을 수도 있잖아.'

세멜레는 고민에 빠져 어쩔 줄 몰라 했다. 시간이 흐르면서 제우스가 가짜일지 모른다는 생각은 점점 강해졌다. 그러던 어느 날, 헤라의 동정을 살피던 제우스가 몰래 올림포스를 빠져나와 세멜레 앞에 나타났다.

"오, 아름다운 세멜레. 내가 왔다."

세멜레는 제우스의 품에 안기더니 물었다.

"당신은 진짜 제우스 신이신가요?"

"무슨 소리 하느냐? 나는 제우스가 맞다. 내가 너를 속여서 얻을 게 무엇이 있단 말이냐?"

"믿을 수 없어요. 당신은 제 앞에 늘 인간의 모습으로 나타나시잖아요. 물론 인간이라 해도 그 누구도 따라올 수 없을 만큼 훌륭하고 멋진 분이긴 하지만, 신은 아니신 것 같아요."

"나는 신이 맞다. 제우스가 맞다. 믿어라. 의심할 필요 없다."

"그렇다면 당신이 정말 신이라는 걸 증명해주세요. 올림포스의 위엄을 보여주세요. 저는 신을 직접 본 적이 없답니다. 당신의 진짜 모습을 한 번이라도 볼 수 있다면 저는 정말 하늘을 찌를 듯 기쁠 거예요."

제우스는 세멜레를 만류했다.

"네가 나를 보는 순간 큰일 날 것이다. 절대 안 된다."

그러자 세멜레는 더욱더 집착했다.

"제게 보여주지 못하는 걸 보니 당신은 진짜 제우스 신이 아니신가 보군요."

완전히 토라져서 눈길조차 마주치지 않는 세멜레를 보며 제우스는 고개를 저었다.

"아, 어리석은 인간아. 꼭 네 눈으로 봐야만 믿는단 말이냐."

"보여주세요. 당신이 정말 신이라면 당신을 더 사랑하게 될 거예요."

"네가 내 진짜 모습을 본다면, 감히 감당할 수 없을 것이다. 넌 파멸할 것이다. 그래도 좋단 말이냐?"

세멜레는 제우스의 경고에도 뜻을 굽히지 않았다.

"네, 좋아요. 어떤 일이 벌어져도 좋아요. 신인 당신의 모습을 보고 싶단 말이에요. 나를 사랑한다면 내가 원하는 대로 해줄 수 있는 것 아닌가요?"

몇 번이나 말려봤지만 세멜레는 자신의 뜻을 굽히지 않았다. 사랑하는 여자의 간곡한 부탁을 거절하기란 힘든 법이다. 제우스도 마찬가지였다. 그는 할 수 없이 떨치고 일어났다.

"세멜레, 너는 너의 불행을 자초하는구나. 어쩔 수 없다. 그래, 보여주마. 내가 바로 제우스다."

제우스가 하늘을 향해 두 팔을 뻗자 그의 몸이 갑자기 수십 배 커지며 하늘에서 뜨거운 영광의 기운이 내리쳤다. 그의 손에는 어느새 벼락이 쥐어졌고, 머리에는 오색 무지개가 영롱한 황금 왕관이 씌워졌다. 찬란한 빛이 사방으로 퍼지며 카드모스의 궁전은 금방이라도 터져 나갈 것만 같았다. 그 모습을 본 세멜레는 너무 놀라 뒤로 나가떨어졌다. 눈이 멀고 심장이 터질 것만 같았다.

그러나 재앙은 이제 시작이었다. 제우스가 들고 있는 번개가 엄청나게 뜨거운 열을 내뿜자 주변의 모든 것이 불타기 시작했다. 땅이 흔들리고 궁전이 무너졌다. 모든 게 요동쳤다. 순식간에 불이 나 궁전은 폐허가 되어버렸다. 세멜레도 무사하지 못했다. 뜨거운 열기에 그녀의 온몸에 불이 붙었다. 낭떠러지로 굴러떨어지던 그녀는 배 속의 아기를 낳고 말았다. 죽음의 위기에 몰리자 본능적으로 분만한 것이다.★

그 모습을 본 제우스는 재빨리 쫓아 내려가 불붙은 채 떠내려가는 어미와 탯줄로 연결되어 있는 아기를 붙잡았다. 제우스는 탯줄을 끊

세멜레가 처참하게 죽은 뒤에도 헤라의 원한은 풀리지 않았어. 여인의 한은 이렇게나 무서워. 그 뒤로도 세멜레의 혈족들은 다 헤라의 저주를 받았어. 악타이온이나 이노, 펜테우스 등이 다 불행해졌지. 디오니소스는 신이 된 뒤 하데스의 타르타로스로 가서 자신의 어머니를 데려왔어. 그러곤 제우스에게 부탁해 신성을 부여받지. 올림포스에서 신의 반열에 든 세멜레는 티오네라 불리게 되었어. 이 이야기에서 우리가 얻을 수 있는 교훈은 여러 가지야. 아집에 빠져도 안 되지만 신의 뜻을 거역해서도 안 돼. 그리고 자식은 부모의 억울함을 풀어주는 효도를 해야 돼. 자식이 잘되면 부모도 영광을 함께하는 거지.

고 아이를 안아 들었다. 그렇게 태어난 아기가 바로 디오니소스다. 아기는 엄마 배 속에 한참 더 있어야만 했다. 6개월 만에 태어난 아기는 울 힘조차 없었다.

"이를 어쩐단 말이냐, 이 어리석은 여인아."

너무 이른 시기에 엄마의 배 속에서 나온 아기는 제대로 숨을 쉬지도 못했다. 피부는 오그라들고 촉촉했던 몸은 서서히 말라갔다. 울 힘도 없이 죽어가는 아기를 보자 제우스는 당황했다. 그는 궁여지책으로 자신의 허벅지를 번개로 갈랐다.

"할 수 없다. 여기라도 들어가 있어라."

제우스는 절구통만 한 자신의 허벅지를 가르고 죽어가는 아이를 집어넣은 뒤 단단히 꿰맸다. 한 번 세상에 태어났던 디오니소스는 이렇게 다시 아버지의 몸속으로 들어갔다. 아버지의 허벅지 속으로 들어간 덕분에 디오니소스는 살 수 있었다. 아버지의 몸에서 영양분을 받아들이며 디오니소스는 조금씩 자라났다. 석 달 뒤 제우스는 다시 번개를 들어 올렸다.

"아들아, 이제 너를 꺼내주마."

제우스는 자신의 허벅지를 갈랐다. 순간, 탐스럽고 잘생긴 아기가 태어났다. 디오니소스는 인간인 어머니를 두었지만 아버지 제우스의 신령한 기운을 받아 불멸의 존재인 신으로 태어났다.★ 동서고금의 기록을 돌아볼 때, 두 번 태어난 존재는 디오니소스밖에 없다. 첫 번째는 인간인 어머니의 배 속에서 나왔고 두 번째는 신인 제우스의 허벅지에서 나온 것이다.

갓난아기를 키울 수 없었던 제우스는 요정 히아데스에게 어린 디오니소스를 맡겼다.

“너희들에게 나의 아들을 맡긴다. 이 아이를 잘 돌봐줘라. 보통 아이가 아닐 것이다.”

“알겠습니다. 걱정하지 마십시오.”

니사산 숲속에서 자기들끼리 외롭게 지내던 히아데스는 귀여운 아기를 보자마자 사랑에 빠졌다. 이들은 아기를 정성으로 돌봤을 뿐만 아니라 숲속의 아름다운 소리와 음악을 가르쳐주기도 했다. 히아데스 자매들 틈에서 아쉬울 것 없이 자란 디오니소스는 자존감 높은 신으로 성장했다. 인간의 품성과 신의 품성을 모두 물려받은 디오니소스는 매력적인 신이 되었다. 그는 언제나 낙천적이었고 즐거웠다. 숲속에선 스트레스를 받을 일이 전혀 없었기 때문이다. 그는 늘 사랑받았다. 누구나 그를 좋아해주었다. 생명이 성장하는 데 있어 사랑이 더없이 중요하다는 면에서 디오니소스는 축복받은 존재였다.

어느 날, 숲속을 돌아다니던 디오니소스는 정말 맛있는 덩굴 열매를 발견했다. 그건 바로 포도였다.

신들에게 서열을 매긴다면 디오니소스는 2진에 속해. 비슷한 신으로 헤르메스, 아폴론, 아르테미스가 있어. 출생부터 평탄치 않았던 디오니소스는 이름조차 두 번 태어났다는 의미를 가지고 있어. 그리스와 이웃나라에 퍼져 있는 그의 이야기는 아주 파란만장해. 그도 그럴 것이 포도와 포도주, 그리고 술 취하면 보이는 광기의 신이기 때문이지. 술에 취한 사람들이 어떤 짓을 하는지 생각해보면 그의 성격을 대충 짐작할 수 있을 거야. 그만큼 사람들에게 인기도 있어서 지중해 일대의 모든 제사나 축제는 디오니소스가 다 접수했다는 말이 돌 정도였지.

"아, 이 열매는 참으로 상큼하고 맛있구나."

디오니소스는 그 열매를 널리 퍼뜨려야겠다고 생각했다. 그는 숲속 요정들에게 포도를 재배하는 방법을 물어봤다.

"포도 덩굴이 바람에 견딜 수 있게 잘 지지해줘야 해요."

또한 품종이 다양하니 그 품종에 맞는 토양에 심어야 한다고 했다. 포도는 척박한 땅에서도 열매를 맺는 귀한 과일이었다. 디오니소스는 포도밭을 일구는 방법부터 포도주를 만드는 방법까지 모든 것을 터득했다. 음악에 조예가 깊었던 그는 또한 술이 있으면 반드시 따라오게 마련인 노래와 축제, 춤, 그리고 기쁨과 즐거움에도 통달했다. 이 모든 것을 익히고 나자 디오니소스는 숲을 떠나기로 결심했다.

"아버지 제우스 신이시여, 저는 세상을 떠돌아다니며 이 세상에 즐거움과 기쁨과 행복을 나눠주고 싶습니다."

제우스는 디오니소스를 볼 때마다 너무나 마음이 아팠다. 엄마의 사랑을 제대로 받지 못하고 자란 아들이 한없이 안쓰럽기만 했다. 그런 아들이 즐겁고 행복하게 지내는 모습을 보면 내심 위안이 됐다. 그는 아들에게 신이라면 당연히 수행해야 할 힘들고 어려운 임무를 떠맡기고 싶지 않았다.

"네 맘대로 즐겁게 살도록 해라."

그때부터 디오니소스는 들판과 숲을 떠돌아다니며 지냈다. 그렇다고 해서 외로운 나그네의 삶은 아니었다. 그는 자신이 가장 사랑하는 포도 덩굴 잎사귀로 화관을 만들어 머리에 쓰고 담쟁이덩굴로 장식된 지팡이를 만들어 들고 다녔다. 즐겁게 노래를 흥얼거리며 숲으로 들로 돌아다니는 그를 보고 비슷한 성향을 가진 이들이 몰려들었다. 하반신은 염소고 위는 사람의 모습인 판★이 가장 먼저 다가왔다.

"그대는 신이시군요."

"그렇소. 나는 즐거움을 추구하며 살고 있소."

"저도 즐거움이 필요합니다. 음악이 도움이 될 것 같습니다."

판은 열심히 플루트를 불었다.

"그렇다면 나는 그대에게 포도주를 주겠소."

그들 둘은 포도주를 마시며 즐겁게 춤추고 놀았다. 음악 소리를 듣고 이곳저곳에서 사람들과 요정들이 몰려들었다.

"같이 놀아요. 정말 즐거워 보이네요."

"어서 오시오. 우리 같이 즐거움을 나눕시다. 슬픔은 나누면 반이 되고 즐거움은 나누면 배가 된다지요. 자, 여기 향기로운 포도주가 있소. 우리 함께 먹고 마시며 이 순간을 즐깁시다."

음악을 즐기며 춤추고 노래하는 그들은 일종의 유랑극단 같았다. 이런 소문이 퍼지자 숲속에 숨어 살던 각종 괴물들과 반인반수들이

판은 아르카디아 지방에서 목동과 가축을 돌보는 신인데, 워낙 개성 넘치는 존재라서 나중에는 그리스 전역에서 그를 숭배하게 되었어. 숲속에서 마음껏 뛰어다니며 자유로운 삶을 즐기던 그는 플루트 연주의 대가로도 유명해. 아름다운 음악은 외로움과 한이 맺혔을 때 만들어진다고 하지. 판은 자신의 기괴한 외모를 예술로 승화시킨 게 아닐까 싶어.

조심스럽게 얼굴을 내밀기 시작했다. 그 누구에게도 환대받지 못하던 괴물들조차 디오니소스에게는 환영받는 존재였다.

누구든 디오니소스 무리에 오면 일단 포도주부터 마셔야 했다. 포도주를 실컷 마시고 술에 취한 이들은 가슴속에 있던 설움을 춤과 노래로 신명 나게 풀어냈다. 이들은 모두 디오니소스를 흉내 내 막대기를 들고 다녔다. 자기가 연주할 줄 아는 악기나 춤이 있으면 뽐내듯 서로 앞다퉈 선보였다. 모두들 가슴속에 뜨거운 열정을 품고 있는 타고난 예술인들이었다. 이들이 함께 술을 마시며 즐거운 시간을 보내면 주변은 온통 시끌벅적 난리가 났다.

"일행이 늘어났으니 포도주가 더 많이 필요하겠군."

디오니소스는 자신의 포도밭에서 잘 익은 포도들을 따서 숙성시킨 뒤 커다란 항아리에 담아 당나귀 등에 실어 끌고 다녔다. 덕분에 언제든지 필요하면 항아리에서 포도주를 꺼내 마시며 즐겁게 놀 수 있었다.

이 무리에서 모임을 주도하는 것은 판이었다. 시끌벅적하게 떠들고 노래 부르다가도 판이 분위기를 가라앉히기 위해 플루트를 불기 시작하면 모두 차분해졌다. 아름다운 음악 소리를 듣다 보면 어느새 음악의 강에 풍덩 빠져들 것만 같았다. 이렇듯 판의 플루트 소리는 천상의 아름다움을 느끼게 해주었다.

디오니소스 무리가 세상을 헤집고 다닐 때 뒤에서 그들을 따라오는 이가 하나 있었다. 바로 디오니소스의 늙은 선생, 실레노스★였다. 걷기 힘들 정도로 나이 든 실레노스는 당나귀를 타고 그들 뒤를 따라다녔다. 그는 유쾌하고 즐거운 디오니소스 무리에서 떨어지고 싶은 마음이 결코 없었다.

"스승님, 괜찮으십니까?"

디오니소스는 수시로 다가가 그의 안부를 물었다.

"괜찮아. 술이나 한잔 주게."

디오니소스는 스승을 위해 기꺼이 술을 따라주었다. 그러면 그 술을 마시고 취한 채 하루 종일 시간을 보내는 것이 실레노스가 하는 유일한 일이었다. 실레노스는 자기 제자인 디오니소스 옆에만 있으면 죽는 날까지 부족함 없이 향기로운 포도주를 마음껏 즐길 수 있을 거라고 생각했다. 그는 너무 늙어서 춤도 제대로 출 수 없고 제대로 걸을 수도 없었지만, 연회가 있거나 즐거운 파티가 있을 때면 일행들 곁에 끼어들어 춤추는 척하고 같이 노래 부르는 척하며 즐겼다.

그렇다고 디오니소스가 흥청망청 놀러 다니기만 한 것은 아니다. 사람들이 몰려오면 그들에게 답례로 포도 씨를 나누어주면서 이를 어떻게 심고 길러야 하는지 설명해주었다. 이곳저곳 험한 땅을 개간해서 흙을 모아 씨를 심고 물을 주면 싹이 튼다고 알려주었다. 싹이

실레노스는 사람이 아니라 반인반수의 존재야. 젊을 때는 '사티로스'라 부르고 늙으면 '실레노스'라고 불러. 마치 젊은이는 '청년'이라 부르다 늙으면 '노인'이라 부르는 것과 비슷하지. 이들의 생김새에 대해선 말과 인간이 섞였다고도 하고 염소와 인간이 섞였다고도 하는데, 시대와 장소에 따라 조금씩 다른 모습으로 묘사돼. 이 존재에 대한 상상은 너무나도 다양하고 복잡해. 이들은 대개 지혜가 뛰어났다고 하는데, 켄타우로스와 달리 그 지혜를 사람들에게 잘 알려주지는 않았대. 용모는 아주 못생겨서 코는 낮고 입술은 두꺼우며 황소 눈에 배불뚝이로 묘사되거나 술에 취한 채 당나귀에 올라탄 모습으로 그려져. 한마디로 추한 용모로 이 세상을 취한 채 보내는 사람의 상징이라고 할 수 있어.

터서 떡잎이 올라오면 덩굴이 올라갈 수 있게 지지대를 만들어야 한다는 것도 가르쳐주었다. 사람들은 그가 준 씨앗을 소중히 간직했다. 그리고 그가 가르쳐준 대로 포도주를 담그며 힘들고 고단한 삶에서 한 줄기 위안과 축복을 얻었다.

디오니소스는 어디를 가든 환영받았다. 그의 무리가 지평선 너머에 모습을 드러내면 마을 사람들은 모두 달려가 그들을 기쁘게 맞았다.

"어서 오십시오, 신이시여. 저희가 기다리고 있었습니다."

모두들 모여 흥겨운 잔치를 열고 다 함께 포도주를 마시며 즐거운 시간을 보냈다. 물론 모든 사람이 즐거워했던 것은 아니다. 디오니소스 무리를 싫어하는 사람들도 있었다.

포도를 키운 사람은 칼리돈의 왕 오이네우스라는 이야기도 있다. 디오니소스가 지나가다 들판에 포도를 조금 심어주었다. 왕에 대한 감사의 표시였다. 그러나 왕은 이 사실을 전혀 알지 못했다. 몇 년 뒤 왕의 가축들이 이곳저곳 떠돌아다니며 들판에서 풀을 뜯어 먹고 있을 때였다. 왕의 가축을 돌보는 목동이 유심히 살펴보니 가축들이 잠을 자러 돌아올 때 염소 한 마리가 항상 맨 마지막에 들어왔는데, 매번 입에 열매를 물고 있었다.

"대체 무슨 열매를 물고 오는 거지? 이리 줘봐."

염소의 입에서 빼낸 열매는 난생처음 보는 것이었다.

"이건 어디서 난 열매지?"

염소는 다음 날에도 또 열매를 물고 왔다. 그다음 날 아침, 목동은 염소 뒤를 따라갔다. 염소는 황무지 쪽으로 가더니 마침내 포도 덩굴이 무성한 양지바른 곳에 도착했다. 보라색 포도 열매들이 주렁주렁 매달려 있었다. 염소가 열매를 따 먹는 것을 본 목동이 말했다.

"어허, 나도 한번 먹어봐야겠다."

열매를 먹어보니 달콤하고 시원한 게 처음 느껴보는 맛이었다.

"아, 왕께 이것을 바쳐야겠다."

목동은 포도를 몇 송이 따서 궁전으로 가져갔다.

"대왕이시여, 난생처음 보는 열매인데, 맛이 좋아 바칩니다."

"그래? 어디 한번 보자."

한 알 따서 입에 넣자 과즙이 터지며 입안에 온통 새콤달콤한 향기가 감돌았다. 왕은 명했다.

"즙이 풍성한 과일이로구나. 이것을 짜서 음료로 만들어보아라."

다음 날 목동은 산에 있는 포도를 모두 따서 으깨 즙으로 만들었다. 신선한 포도 주스가 된 것이다.

마침 이 부근을 지나가던 디오니소스는 자신이 뿌려놓은 씨가 잘 자라 나무가 된 것을 보았다.

"아하, 열매는 다 수확해 갔군. 분명히 왕의 궁에 가면 있을 거야."

왕궁으로 간 디오니소스는 왕에게 만남을 청했다. 아니나 다를까, 왕은 목동이 따 온 포도를 잔뜩 쌓아놓고 즙을 내어 마시고 있었다.

"대왕, 이 열매의 맛이 어떻소?"

"아주 달고 상큼합니다."

"이건 내가 수년 전 이곳 황무지에 뿌려놓았던 포도라는 덩굴의 열매요."

"아, 감사합니다. 이렇게 맛있는 과일을 심어주시다니, 이 은혜를 어찌 갚아야 할지 모르겠습니다. 잔치를 열겠습니다."

왕은 음식을 차리라고 명령했다. 부지런히 만든 음식을 차려놓고 먹고 마시며 궁에 있는 모두가 행복한 분위기가 되었다.

"이렇게 좋은 과일을 우리 땅에 심어주셔서 감사합니다."

"그대들이 나를 이렇게 극진하게 대접해주니 나 역시 그대들을 대접하겠소. 이 포도를 처음 딴 자는 목동이고, 처음 음료로 만든 자는 오이네우스 왕, 그대요. 그래서 이 음료를 오이네우스라고 부르겠소."

'오이네우스'라는 이름은 지금도 포도주라는 그리스어로 남아 있다.

"이 포도를 그대들의 땅에 심어놓은 이유를 알겠소?"

"모르겠습니다. 신이시여, 이 어리석은 사람에게 알려주십시오."

"바로 이 포도가 그대들에게 행복을 줄 것이기 때문이오. 이 열매는 즙으로 짜서 마셔도 좋지만 이 즙을 그대로 숙성시키면 더 맛있는 음료가 된다오."

"정말입니까?"

"그렇소. 게다가 이 음료는 신묘한 능력이 있소. 인간들을 근심과 걱정에서 자유롭게 해주는 데다 유쾌하고 즐겁게 만들어주지."

"아, 정말 놀랍군요."

"자, 숙성시키려면 시간이 필요하지만 내가 신의 능력으로 이 음료를 지금 당장 숙성시켜주겠소. 그대들은 앞으로 이 음료를 이렇게 마시기 바라오."

왕의 앞에 놓여 있던 포도즙은 순식간에 포도주로 변했다. 그곳에 있

디오니소스

디오니소스는 술과 축제, 그리고 예술을 관장하는 신이야. 제우스와 인간 세멜레의 아들로 태어난 독특한 출생 이야기로 유명하지. 술과 포도의 신으로, 사람들에게 기쁨과 즐거움을 주는 것을 좋아했어. 그가 나타나는 축제는 늘 홍겹고 활기찼지. 그렇다고 그의 존재가 단순히 즐거움만 상징하는 것은 아니야. 극단적인 감정과 광기를 통해 인간의 본성과 감정의 깊이를 보여주기도 하지. 삶의 긍정적인 측면을 즐기더라도 그 뒤의 위험과 이를 막는 절제를 생각해야 한다는 점을 강조하는 것 같아. 이를 통해 우리는 즐거움에는 책임이 따른다는 걸 배울 수 있어.

던 모든 사람들이 포도주를 나누어 마셨다. 취기가 올라오자 사람들은 처음으로 경험하는 행복을 느꼈다. 사람들은 모두 얼굴이 붉어진 채 춤추고 노래하며 즐거운 시간을 보냈다. 하룻밤 내내 축제를 벌인 것이다. 누가 먼저 춤추며 놀자고 한 것은 아니지만, 술기운이 그들을 그렇게 만들었다. 이후 포도 수확량이 늘어나면서 사람들은 포도 축제를 열기 시작했다. 이렇게 하여 그리스 전역에 포도주가 퍼지게 되었다. 그 뒤로 지금까지 포도주는 인간들의 행복에서 떼려야 뗄 수 없는 중요한 소재가 되었다.

그런데 디오니소스가 말해주지 않은 것이 있었다. 포도주가 행복과 기쁨을 주는 음료이긴 하지만 그것은 어디까지나 적당히 먹었을 때의 이야기다. 한 잔 마시면 기분이 좋아지고, 두 잔 마시면 가슴이 뛰며 얼굴이 붉어진다. 석 잔 마시면 노래하고 춤추고 싶어진다. 넉 잔 마시면 정신이 서서히 혼미해지며, 다섯 잔 마시면 마침내 술이 사람을 잡아먹게 된다. 그 뒤로도 술잔이 계속 이어지면 결국 모든 기억을 잃고 자신이 어떤 행동을 했는지 술을 마신 자는 알 수 없게 된다. 그렇기에 포도주는 적당히 절제할 줄 알아야 한다. 적당히 마실 때 가장 행복한 것이다.★ 하지만 포도주가 주는 쾌락에 매료된 사람들이 스스로 절제하기는 매우 어려웠다. 포도주가 널리 퍼져 나가면서 문제는 점점 심각해졌다.

디오니소스가 지나가는 곳마다 사람들은 그를 두 팔 벌려 환영했다. 아티카를 지나갈 때는 이카리오스 왕의 환영을 받았다.

"신이시여, 드디어 저희 땅에 오셨군요. 이곳에도 축복을 내려주십시오."

"나는 가능한 한 많은 사람들이 포도를 심어서 행복을 맛보게 하고 있소. 그대에게도 모든 방법을 알려주겠소."

이카리오스는 기쁜 나머지 최선을 다해 디오니소스를 대접했다. 그 보답으로 디오니소스는 오이네우스 왕에게 그랬듯, 포도를 재배하는 방법과 포도주 담그는 방법을 가르쳐주었다. 물론 포도주의 위험성도 알려주었다.

"포도주는 많이 마시면 큰 문제가 발생하오. 그러니 깊은 지하나 저장고에 잘 보관해두었다가 손님이 오는 등 특별한 일이 있을 때 적당량만 마시도록 하시오."

"알겠습니다."

그러나 디오니소스가 떠난 뒤 오만한 이카리오스는 다른 마음을 먹었다.

'이렇게 멋진 술을 만들었는데 왜 혼자서만 알아야 되지? 내게 이같이 좋은 술이 있다는 것을 사람들에게 널리 자랑해야지. 그러면 다들 와서 제발 한 모금만 마시게 해달라고 애걸할 게 아닌가? 한 모금씩 줘서 애타게 한다면 모두들 나에게 굴복하고 복종하겠지. 행복을 줄 수 있는 왕이라니 얼마나 대단한가 말

술은 인간에게 즐거움을 주지만 많은 문제를 일으키기도 해. 유대교 경전《탈무드》에도 술과 관련해서 사람들의 경계심을 일깨워주는 우화가 실려 있어. 술이 마시고 싶었던 악마가 포도나무에 거름으로 양과 개와 원숭이의 피를 뿌렸대. 그래서 술에 취하면 처음엔 양처럼 순하다가 곧 개처럼 난폭해지고 원숭이처럼 춤추고 노래하게 된다는 거야. 사자와 돼지의 피를 뿌렸다는 이야기도 있어. 그래서 술에 취하면 사자처럼 잔인해지고 돼지처럼 더러워진다고 하지. 술이 이렇게 무서운 것인데도 사람들이 지금까지도 술에서 벗어나지 못하고 있는 것을 보면 참 안타까워.

이야."

어리석은 이카리오스는 누구나 볼 수 있도록 홀 한가운데 항아리를 놓았다. 커다란 항아리들이 즐비하게 놓여 있는 곳을 지나가던 사람들은 포도주가 익어가는 향기에 코를 킁킁댔다. 왕이 자리를 비운 사이 궁에 들어온 목동들은 아무도 없는 것을 보고 쑥덕거렸다.

"왕이 자신이 총애하는 신하들에게만 준다는 저 포도주를 우리도 한번 먹어보자."

"맞아. 우리는 땡볕 아래서 하루 종일 왕의 가축들을 돌보잖아. 한 잔 정도는 먹어볼 수 있지."

"맞아. 어서 먹자."

지켜보는 사람도 없고 감시하는 사람도 없었다. 갈증을 느낀 목동들은 포도주 항아리의 마개를 뽑고 포도주가 쏟아져 나오는 대로 입을 대고 벌컥벌컥 마셨다. 하지만 그들은 마개를 뽑을 줄만 알았지 막을 줄은 몰랐다. 향긋한 포도주 향기에 이끌려 사람들이 몰려들었다. 모두들 포도주를 마시기 시작했다. 모두들 끊임없이 포도주를 마셔댔다. 이윽고 모든 사람이 취해 이성을 잃고 맹수로 돌변했다. 그쯤 되니 사람들은 자신들이 무슨 행동을 하는지조차 알지 못했다.

"이렇게 맛있는 술을 왕이 독차지하다니……."

"맞아. 우리를 위해서 열심히 일한다더니 이게 뭐야? 자기 혼자만 맛있는 것을 먹고 있었잖아."

군중심리에 휩쓸린 사람들은 금세 폭도로 변했다. 목동들과 왕에게 불만을 가진 자들이 북적북적 몰려들어 술에 잔뜩 취한 채 무리 지어

다녔다. 신하들과 궁녀들은 두려움에 떨며 숨었다. 뒤늦게 이 소식을 들은 왕은 칼을 뽑아 들고 달려왔다. 그러나 술에 취한 폭도를 이길 순 없었다.

"왕이 왔다! 자기 혼자만 맛있는 포도주를 처먹은 저 욕심 많은 왕을 죽여라!"

"죽여라!"

사람들은 순식간에 파도처럼 밀려와 왕을 붙잡더니 단칼에 죽여버리고 말았다. 사람들에게 보이지 않는 곳에 포도주를 잘 보관해놓으라는 디오니소스의 충고를 무시한 이카리오스는 교만함의 대가를 치르고 말았다. 사람들은 왕의 시신을 끌고 다니다가 우물에 던져버렸다. 그리고 돌을 던져서 우물을 완전히 메워버렸다.

다음 날 아침 해가 뜨자 정신을 차린 사람들은 모두 자기 집으로 돌아갔다. 이들은 자신들이 얼마나 끔찍한 일을 저질렀는지 기억조차 하지 못했다. 궁전에는 포도주 냄새가 진동했고, 포도주 항아리 몇 개에서는 아직도 포도주가 몇 방울씩 떨어지고 있었다.

죽은 이카리오스 왕에게는 에리고네라는 딸이 하나 있었다.

"아버지, 어디 계세요?"

에리고네 공주는 사나운 폭도를 피해 비밀의 방에 숨어 있다가 다음 날 아침 궁전이 조용해지자 나왔다. 궁전 안은 눈 뜨고 볼 수 없었다. 바닥은 온통 포도주가 마르면서 생긴 피 같은 얼룩으로 물들어 있고, 밤새 광란의 파티를 벌인 폭도에게 희생당한 사람들의 시체가 여기저기 나뒹굴었다. 그녀는 아버지를 찾아 한없이 헤매고 다녔다. 그때 에리고

네의 총명한 반려견 마이라가 다가와 짖었다. 뭔가 냄새를 맡은 것이다. 공주는 옷자락을 잡아당기는 마이라를 따라가봤다. 우물가에서 짖어대는 마이라를 본 에리고네는 사람을 불렀다.

"이 돌멩이들을 모두 꺼내라."

우물을 가득 채운 돌멩이들을 치우자 그곳에는 칼에 찔려 무참히 살해당한 아버지의 시신이 있었다.

"아버지! 어찌하여 사람들에게 잘 보이는 곳에 포도주 항아리를 놓으셨습니까? 이토록 끔찍한 모습으로 돌아가시다니. 아버지……."

아버지의 시신을 눈앞에 둔 에리고네는 너무나 슬펐다. 밤새 울던 그녀는 결국 다음 날 해가 떠오를 무렵, 우물가에 있는 버드나무에 목을 매고 말았다. 그녀가 죽는 것을 지켜본 마이라도 며칠 밤낮을 울다가 따라서 죽고 말았다. 디오니소스는 뒤늦게 이 사실을 알게 되었다.

"아, 그토록 조심하라고 일렀건만, 내가 알려준 주의 사항을 지키지 않았구나. 불쌍한 자들이로다."

디오니소스는 하데스의 지하 세계로 끌려가는 그들을 구해줘야겠다는 생각이 들었다. 올림포스로 날아간 디오니소스는 아버지 제우스에게 부탁했다.

"아버지, 안타깝게 죽은 저들을 하데스에게로 보내는 것은 너무한 것 같습니다. 저들을 하늘로 올려 별자리로 만들어주십시오."

"그래, 듣고 보니 가엾구나. 그나저나 너도 주의하거라. 네가 만든 포도주는 약이기도 하지만 독이기도 하다는 것을."

"더욱더 주의하겠습니다."

그리하여 그들은 지하 세계로 가지 않고 하늘의 별자리가 되었다.

이런 실수가 있었지만 디오니소스가 기쁨과 행복을 주는 신이라는 사실에는 변함이 없었다. 디오니소스는 그 어떤 신도 이루지 못한 놀라운 업적을 이뤘다. 자신만의 방법으로 온 세계를 점령한 것이다. 그것은 바로 포도주와 기쁨, 즐거움이라는 무기다.

3

황금을 만드는 손, 미다스 왕

인간들은 삶의 고통과 괴로움을 즐거움으로 풀면서 앞으로 나아갈 힘을 얻는다. 그 과정에서 가장 중요한 역할을 하는 것은 바로 술이다. 디오니소스가 없었다면 인간들은 집단자살 하거나 암울한 삶을 살아가야만 했을 것이다. 술은 이렇게 즐거움과 기쁨을 주는 좋은 것이지만, 그에 못지않게 큰 부작용이 있다. 너무 많이 마시면 취해서 이성을 상실한다는 것이다. 그것은 그 누구도 예외가 아니다.

어느 날 프리기아 지방의 통치자인 미다스 왕★의 정원에 늙은 술주정뱅이 반인반수가 하나 들어와 잠이 들었다. 술에 잔뜩 취한 채 즐겁게 놀고 떠들다가 너무 과음한 나머지 들어가서는 안 될 왕의 정원까지 잘못 들어간 것이다. 꽃나무 밑에 잠들어 있는 그를 발견한 것은 왕의 정원사였다.

"여보시오, 노인네. 일어나시오."

죽은 듯 쓰러져 자고 있는 것은 걸음도 제대로 옮기지 못하는 늙은 괴물이었다. 그의 몸에서는 아직도 술 냄새가 풀풀 풍겼다.

"여기가 어디요?"

"아이고, 지독한 술 냄새. 얼마나 많이 드셨길래 이렇게 됐소?"

"나, 나는 취했습니다."

정원사는 아무리 취했다고는 하지만 왕의 정원에 들어와 잠자는 것을 보니 도둑이 틀림없다고 생각했다. 대개 도둑들은 새벽녘에 몰래 들어와 물건을 훔쳐서 달아나기 때문이다.

"아무리 봐도 수상하군. 거기 가만히 있으시오."

정원사는 나무 묶는 끈으로 노인을 꽁꽁 묶고는 벌떡 일으키더니 병사들을 불렀다.

"여기 도둑놈이 있소. 수상한 놈이오. 빨리 왕에게 데려가시오."

병사들은 허둥지둥 달려와 괴물을 끌고 갔다. 밤새 경계하고 있었는데 왕의 궁 안에 어

미다스는 프리기아의 왕 고르디우스의 아들이야. 왠지 익숙한 이름이지? 그래, 맞아. 그 유명한 '고르디우스의 매듭'의 주인공이야. 고르디우스는 자신의 마차를 제우스의 신전에 바친 뒤 복잡한 매듭으로 묶어놓고 이것을 푸는 자가 아시아의 왕이 될 것이라는 예언을 남겼어. 수많은 영웅이 도전했지만 다들 포기하고 말았지. 400여 년이 지나 마케도니아의 영웅 알렉산더 대왕이 그 예언을 듣고 매듭을 단칼에 잘라버렸대. 이후 정말로 아시아를 제패했지. 매듭을 풀려고 끙끙대지 않고 단칼에 베어버리는 과감한 결단력을 지녔기에 그리스는 물론 페르시아와 인도에 이르는 대제국을 건설할 수 있었던 건 아닐까. 이후 '고르디우스의 매듭'은 풀기 어려운 문제를 뜻하는 관용구로 사용되고 있어.

떻게 침입자가 들어왔는지 알 수 없는 노릇이었다. 미다스가 잠에서 깨어나자 병사가 보고했다.

"밤새 침입자가 있었습니다."

"뭐라고?"

미다스는 깜짝 놀랐다.

"어서 데리고 와라."

꽁꽁 묶인 늙은 괴물이 왕 앞에 끌려왔다. 괴물은 아직도 술에 취해 비틀거렸다.

"네가 뭐 하는 놈인지 왕께 이실직고해라."

괴물이 비틀거리며 고개를 들었다. 그런데 어디선가 많이 본 얼굴이었다. 미다스는 물었다.

"어디서 많이 본 얼굴이군요."

"대왕이시여, 저는 도둑이 아닙니다. 그저 이곳저곳 돌아다니며 제자와 함께 즐겁게 술을 마시고 노래하며 춤추다 그만 잔뜩 취해서 대왕의 궁전에 들어오는 실례를 범했습니다. 용서해주십시오."

"아, 그대는 바로……."

미다스는 그가 누군지 바로 알아봤다. 전날 디오니소스의 축제가 벌어져 많은 사람들이 궁전 밖에서 술을 마시고 놀면서 즐거운 시간을 보내는 것을 그 역시 봤기 때문이다.

"그대는 실레노스 아닙니까?"

"맞습니다. 대왕께서는 어찌 저를 아십니까?"

"젊고 잘생긴 디오니소스 신의 스승으로 유명하지 않소. 너희들은 무엇 하느냐? 빨리 풀어드려라."

미다스는 실레노스를 어서 풀어주라고 재촉했다.

"큰 실례를 범했습니다. 이리 오십시오. 정원사와 병사들이 몰라뵙고 그런 것이니 용서해주시기 바랍니다."

"괜찮습니다. 주책없이 술에 취해서 아무 데나 누워 잠든 제 탓입니다."

"이곳에 머무시는 동안 극진히 모시겠습니다. 여봐라, 신의 스승님을 씻겨드리고 맛있는 음식을 대접하라."

"예."

시종들이 서둘러 실레노스의 몸을 씻기고 올리브유를 발라준 뒤 깨끗한 옷을 입혀 왕과 마주하게 하였다. 왕의 아침 식사에 초대받은 실레노스는 기분이 좋았다. 그는 잘 차려진 음식들을 먹고 마시며 미다스와 이런저런 이야기를 나눴다.

"그래, 그동안 어느 곳에 가보셨습니까?"

"그리스 전역에 안 가본 곳이 없지요. 디오니소스 신과 함께 다니면 매일매일이 즐겁답니다. 이렇게 살다가 죽는 게 제 소원입니다."

"참으로 부러운 인생이십니다. 어느 곳에 가보셨는지 이 왕궁을 지키고 있는 소견 좁은 제게 들려주시겠습니까?"

"좋소이다."

향기로운 포도주를 한 모금 마신 실레노스는 신이 났다.

"아시다시피 우리는 이 세상에 즐거움을 선물하기 위해 돌아다니고 있소이다. 그러면서 포도를 경작하는 법부터 포도주 담그는 법을 알려주고 있지요. 어떻게 씨를 뿌리고 열매를 따는지 하나하나 가르쳐주면서 온 그리스를 즐거움과 행복으로 가득 채우는 것이 우리의 사명입니다."

"그런데 일행들은 어디 가셨습니까?"

"술에 취한 내가 뒤처진 것을 모르고 아마 다른 곳으로 떠났을 겁니다. 하지만 걱정할 필요 없습니다. 사람들에게 물어보면 어디로 갔는지 알려줄 테니 곧바로 따라가 그들과 즐거운 시간을 보낼 수 있을 겁니다."

미다스는 세상 부러울 것 없는 듯한 실레노스를 흠모의 시선으로 바라봤다.

"이야기를 더 해주시겠습니까?"

"우리는 이 인근에 안 가본 곳이 없습니다. 무슨 이야기를 해드릴까요? 거인 티탄들과 싸운 이야기를 해드릴까요?"

"재밌겠습니다."

무리를 이끌고 아프리카까지 간 디오니소스가 티탄들과 싸우다가 그들에게 술을 먹여 진탕 취하게 한 이야기를 늘어놓자 미다스는 탁자를 치며 크게 웃었다.

"그렇게 해서 우리는 아프리카를 즐거운 곳으로 만들었소이다. 그곳 사람들은 열정이 넘쳐서 포도주를 마시고 춤추고 노래하는 데 있어서 그 누구도 당해낼 수 없을 것 같았지요."

"아, 그렇습니까. 그러면 술을 싫어하는 사람은 만나본 적 없습니까?"

"리비아에 갔을 때가 생각나는군요. 그곳에는 여자들만 살고 있는 나라가 있는데, 남자가 없는 곳이라서 그런지 그들은 맨 처음에는 술을 싫어했어요. 하지만 계속 술을 권하며 우리에게 악의가 없다는 것을 알려주자 마음을 열고는 포도 농사법을 배우고 큰 잔치를 벌였답니다. 우리가 이곳저곳 다니며 흥겨운 축제를 열어 포도주를 알리는 것은 바로 이런 이유 때문이지요."

실레노스의 말에 의하면 그들은 가보지 않은 곳이 없었다. 아라비아는 물론 리디아와 페르시아, 지중해 연안 등 세계 곳곳을 누비며 포도를 심고 포도주 만드는 법을 알려주었다. 이렇듯 즐거움을 주는 디오니소스 일행은 어딜 가나 환영받았다. 어느 곳에 가든 이들은 그곳 사람들과 어울려 모두 함께 춤추고 노래하며 즐거워했다.

실레노스의 이야기 중 미다스가 가장 재미있어한 것은 인디아에 갔던 이야기였다.

"지중해 연안을 모두 평화롭게 만든 뒤 마지막 남은 곳은 인디아였소."

디오니소스 일행은 인디아로 가기 위해 추종자들과 함께 강을 건넜다. 유프라테스강을 건넌 뒤 그들은 티그리스강에 이르렀다. 그런데 그곳 사람들은 더없이 배타적이었다. 디오니소스 일행이 포도주를 전파하고 즐거움을 주기 위해 그리스 쪽에서 왔다는 소식을 듣고도 모두를 적대시했다.

"그리스 놈들아, 썩 물러가라!"

포도주의 즐거움을 알려준다는 것은 명목일 뿐 자신들을 점령하러 온 게 분명하다고 생각했기 때문이다. 그들은 흉흉한 병장기를 들고 코끼리에 올라탄 채 디오니소스 일행을 위협했다.

"흥, 힘으로 나온다면 우리도 질 수 없지."

그리스 쪽에서는 디오니소스의 지휘를 받아 각종 반인반수들이 나섰다. 전쟁이 벌어지자 당연히 신의 도움을 받은 디오니소스 일행이 유리할 수밖에 없었다. 3년간 계속된 전쟁에서 디오니소스 일행은 압도적인 승리를 거뒀다. 그러나 인디아 사람들은 절대로 항복하지 않았다. 그들은 마음속 깊은 곳에 끝까지 반감을 가지고 있었다.

실레노스의 이야기는 계속됐다.

"하지만 우리는 그들에게도 역시 포도주 만드는 법을 알려주었다오. 인디아 사람들은 마침내 우리가 알려주려는 것이 무엇인지 알게 되었지요."

"그것이 무엇입니까?"

"포도주를 마셔본 적 없는 그들에게 우리가 수확한 포도로 만든 포도주를 먹였더니 비로소 그 달콤함에 취하게 되었다오."

"그래서 어떤 일이 벌어졌습니까?"

"우리를 미워하던 마음이 모두 사라졌지요. 비로소 우리가 단지 즐거움을 전해주러 온 것일 뿐, 다른 의도가 없다는 것을 깨닫고는 단박에 친해졌다오. 그들은 곧 제단을 만들고 축제를 열어주었어요."

"아, 그러셨군요. 대단하십니다."

"우리는 그 뒤로도 안 가본 곳 없이 이곳저곳 돌아다녔소. 하늘을 떠받치고 있는 아틀라스를 만난 일이 기억나는군요."

"아틀라스를 만나셨다고요? 그가 있는 곳은 땅끝 아닙니까?"

"맞소이다. 우리는 서쪽으로 끝없이 달려갔소. 이탈리아와 갈라티아를 지나 마침내 헤스페리데스가 살고 있는 아름다운 땅에 도착했지. 그곳에 있던 아틀라스는 우리를 보자마자 반갑게 맞이하며 애타는 마음으로 하늘을 떠받치고 있는 자신의 고통을 하소연했어요."

오랫동안 하늘을 떠받쳐온 아틀라스를 본 디오니소스는 측은한 마음에 포도주를 건네주었다. 포도주를 마신 아틀라스는 온몸에 기운이 샘솟으며 모든 부정적인 생각이 사라지고 긍정적인 생각이 머릿속을 가득 채우는 것을 느꼈다.

"고맙소. 이런 멋진 음료를 나에게 주다니."

아틀라스는 포도주가 만들어지기 한참 전부터 그 자리에 있었기에 포도주를 몰랐다. 아틀라스의 수고에 감사하며 디오니소스 일행은 그곳에서 또다시 축제를 벌였다.

디오니소스가 전 세계를 떠돌아다니며 축제를 통해 포도주를 전파했다는 이야기에 미다스는 흠뻑 빠지고 말았다. 실레노스는 기억력이 좋았다. 마치 거미가 줄을 뽑아내듯 그의 이야기는 멈출 줄 몰랐다. 그날 하루 종일 시간 가는 줄 모르고 이야기를 듣던 미다스는 깜짝 놀랐다.

"아, 이럴 수가. 벌써 해가 저물었군요. 제발 이곳에 머무르시면서 저에게 계속 재미있는 이야기를 해주십시오."

실레노스로선 나쁠 게 없었다. 왕의 손님이 되어 대접받으며 과거 이야기를 실컷 할 수 있었기 때문이다.

"좋소이다."

실레노스는 그곳에서 9일이나 머물며 자신의 경험담은 물론 포도와 축제와 낭만에 대해 이야기해주었다. 열흘째가 되자 실레노스는 더 이상 술을 마시지 않고 말했다.

"우리 일행이 너무 멀리 가기 전에 따라잡아야 하니, 이제 떠나야겠소."

"제가 도와드리겠습니다."

미다스는 호위 병사들을 내주며 실레노스가 일행을 따라갈 수 있도록 배려해주었다. 나귀를 타고 빠르게 쫓아오는 실레노스를 보자 디오니소스가 물었다.

"스승님, 어딜 다녀오시는 길입니까? 찾아도 안 보이시더니."

"하하하, 아주 극진한 대접을 받았다네."

"극진한 대접이요?"

"그래, 미다스 왕이 9일 동안이나 궁에 머물게 하면서 내게 옛날이야기를 들려달라고 하더군. 그렇게 후한 대접을 받아본 것은 처음이야."

디오니소스는 더없이 고마운 마음이 들었다. 힘없고 쓸모없는 노인을 그렇게 극진히 대접한 것을 보니 보통 착한 사람이 아니라는 생각이 들었다.

"잠깐 다녀오겠습니다."

디오니소스는 순식간에 미다스의 궁으로 이동했다. 미다스는 왕좌에 앉아 실레노스가 들려주었던 이야기들을 곱씹고 있었다.

'아, 나도 신처럼 이 세상 모든 것을 내 것으로 만들 수 있다면 얼마나 좋을까. 그러면 최고의 부자가 되어 무엇이든 마음껏 즐길 수 있겠지?'

미다스는 원래 탐욕스러운 자였다. 자신의 욕망과 욕심을 채우기에는 작은 성 하나로는 턱도 없다고 생각하고 있었다. 그때 잘생긴 디오니소스가 나타났다.

“그대가 미다스 왕인가?”

“당신은 디오니소스 신이 아니십니까? 어찌하여 이곳까지 오셨습니까?”

미다스는 깜짝 놀라 예를 갖추었다.

“그동안 스승님을 뵙지 못해 어디 가셨나 궁금했는데 그대가 후하게 접대하다가 모셔다 주었다고 들었소.”

“아닙니다. 미흡한 대접을 했을 뿐입니다.”

“그대의 마음에 보답하고 싶소.”

“보답이라니요?”

“그대의 소원을 하나 들어주겠소. 무엇이든 원하는 것을 말해보시오.”

조금 전까지 손바닥만 한 나라를 다스리는 자신의 신세를 한탄하고 있던 미다스는 앞뒤 재볼 것도 없이 말했다.

“위대하신 디오니소스 신이시여, 저를 이 세상 최고의 부자로 만들어주십시오.”

“부자로?”

“예.”

디오니소스는 고개를 저었다. 막대한 부나 권력은 아무 소용 없다는 것을 이미 알고 있었기 때문이다. 축제를 벌이며 짧은 시간이라도 즐겁게 지내는 것이 인생의 행복임을 알았지만 이미 약속했으니 탐욕스러운 미다스 왕이 원하는 것을 들어줄 수밖에 없었다.

“부나 권력은 인생의 진정한 즐거움 앞에서 덧없는 것이거늘. 어쩔 수 없구나. 좋다. 앞으로 그대가 만지는 모든 것이 금으로 변하게 해주겠다. 그 정도면 만족하겠느냐? 그대가 힘없는 노인을 공경하고 정성스레 대접하는 것을 보고 현명한 왕이라 생각해서 그대에게 선물을 주려고 왔는데, 그대의 소원이 고작 부자가 되는 것이라니 어쩔 수 없지. 나중에 후회하지 말아라."

디오니소스는 미다스의 사람됨에 크게 실망했지만 그의 소원을 이뤄준 뒤 실레노스와 일행이 있는 곳으로 돌아가버렸다.

디오니소스가 신기루처럼 사라진 뒤, 미다스는 생각했다.

'내가 대낮에 눈을 뜬 채 꿈을 꿨나 보다. 내 앞에 신이 나타나다니 말도 안 되지. 어떻게 내가 만지는 것마다 금이 되겠어. 정신 차리게 바람이나 쐬러 나가야겠다.'

실레노스를 대접하느라 9일 동안 꼼짝도 않고 궁에 있었던 미다스는 피곤에 지친 몸을 이끌고 산책을 나갔다. 정원에서 아름다운 무화과나무들이 싱그러운 빛을 발하고 있었다.

'참으로 아름다운 잎이로구나.'

미다스는 부드럽게 미소 지으며 나뭇잎을 가볍게 쓰다듬었다. 그 순간, 눈이 멀 정도로 찬란한 빛이 나더니 무화과나무가 순식간에 황금으로 변해버렸다.

"아니, 이럴 수가."

눈을 씻고 봐도 앞에 있는 건 무화과나무 모양의 금덩이였다. 잎사귀를 따려고 하자 나뭇잎 모양의 얇은 금판이 그냥 구부러졌다.

'디오니소스가 정말로 나의 소원을 들어준 것인가?'

자신에게 일어난 놀라운 기적을 도저히 믿을 수 없었던 미다스는 길바닥의 돌멩이를 하나 집어 들었다. 돌멩이는 바로 황금 덩어리로 변했다.

'그렇다면 저 사과는?'

사과나무에서 사과를 따는 순간, 그 사과는 헤스페리데스의 정원에 있다는 황금 사과처럼 변했다.

"아아, 정말 내 소원이 이뤄졌구나! 내가 만지는 모든 것이 금으로 변하다니. 으하하하!"

잔뜩 흥분한 미다스는 궁으로 황급히 뛰어 들어갔다.

"어디 의자는?"

의자를 만지자 황금 의자로 변했다.

"탁자는?"

"그릇은?"

"과일은?"

그가 만지는 것마다 어김없이 모두 금으로 변해 미다스의 궁전은 금세 황금투성이가 되고 말았다.

"으하하하, 나는 부자다. 나는 부자야."

그는 온 궁전을 만지고 다녔다. 하루가 지나기도 전에 미다스의 궁전은 온통 황금으로 변해버렸다. 그 모습을 보고 깜짝 놀란 시종들은 모두 엎드려 왕에게 축하 인사를 올렸다.

"대왕이시여, 이제 그리스, 아니 온 세상에서 가장 부유한 왕이 되셨군요. 그 누구도 감히 대왕 앞에서 고개를 들 수 없을 겁니다."

"으하하하, 이제 온 그리스는 나의 것이다. 이 금으로 군사들을 사서 이웃 나라들을 정벌하고야 말겠다."

자신에게 일어난 기적에 잔뜩 흥분했던 미다스는 시간이 지나면서 감정이 가라앉자 시장기가 몰려오는 것을 느꼈다.

"무엇들 하느냐? 어서 먹을 것을 내오너라."

시종들은 황급히 그릇과 접시에 음식을 담아 가져왔다. 물론 그 그릇과 접시들은 모두 미다스가 만져 금으로 변한 것들이었다. 탐스러운 빵에서 모락모락 김이 올라왔다.

"배가 고프구나. 어서 가져와라."

빵을 들어 한 입 베어 무는 순간, 미다스의 이가 부러졌다.

"으악!"

미다스가 손을 대자마자 부드러운 빵이 딱딱한 금으로 변해 이가 부러져버린 것이다.

"이럴 수가. 수건을 가져와라. 입에서 피가 나지 않느냐?"

시종들이 부드러운 수건을 가져다주었지만, 그가 잡는 순간 수건은 딱딱한 금으로 변해버렸다. 계속 피가 흘렀지만 닦을 수 없었다.

"이게 대체 무슨 일이냐. 젠장. 포도주를 가져와라, 어서!"

시종들은 황급히 포도주를 내왔다. 잔뜩 화가 난 미다스가 잔을 들어 입에 대자 포도주도 금이 되어버렸다. 자신에게 온 기적이 행운이 아닌 재앙임을 그는 곧 깨달았다. 미다스는 탄식을 내뱉었다.

"아, 디오니소스의 표정이 왜 그렇게 딱딱하게 변했었는지 알 것 같다."

미다스는 자신이 만지는 것마다 딱딱한 금으로 변하자 불안해졌다.

"아, 내가 큰 실수를 저지른 것 같다. 이를 어쩌면 좋으냐?"

그날 해가 지기도 전에 자신이 엄청나게 잘못된 소원을 빌었다는 것을 깨달은 미다스는 무릎을 꿇고 절규했다.

"신이시여, 제발 저를 불쌍히 여기소서. 어리석은 자의 탐욕을 용서해주시옵소서. 제발 제게 내린 선물을 가져가주시옵소서."

그때 미다스의 딸이 다가왔다.

"아버지, 왜 이렇게 절규하십니까?"

"오오, 사랑하는 내 딸아. 이 어리석은 아비가 엄청난 실수를 저질렀구나."

자기도 모르게 딸을 끌어안는 순간, 딸도 금으로 변해버렸다.

"아, 이럴 수가."

미다스는 절규했다. 먹지도 마시지도 못할 뿐만 아니라 사랑하는 딸마저 황금 덩어리로 변해버린 현실에 좌절하며 자신의 머리카락과 이마를 쥐어뜯는데, 그의 머리카락과 이마마저 금으로 변해버렸다. 미다스는 디오니소스에게 눈물로 애원했다.

"신이시여, 차라리 저를 죽여주십시오! 이 탐욕스럽고 무지한 자를……. 저는 죽어도 마땅합니다."

고통에 절규하며 애원하는 미다스를 보고 디오니소스는 모습을 드러냈다.

"어리석은 미다스여. 이제 탐욕이 얼마나 큰 화를 부르는지 알게 되었느냐?"

"예, 제가 미욱했습니다. 제발 제 소원을 거둬주십시오."

"당장 팍톨로스강의 근원지로 올라가라. 거기에서 몸을 씻으며 너의 부끄러움을 닦아내라. 그러면 모든 것이 제자리로 돌아올 것이다."

미다스는 즉시 마차를 불러 팍톨로스강으로 달려갔다. 자신이 직접 고삐를 잡으면 그것 역시 금으로 변해버릴까 봐 두 손을 꽁꽁 묶어 품 안에 넣고 시종들에게 말했다.

"내 손을 꺼내지 마라. 그리고 절대 내 손에 닿지 않도록 주의해라."

"알겠습니다, 대왕님."

군사들이 그를 호위하여 팍톨로스강으로 데려갔다. 미다스는 조심스럽게 옷을 벗고 강물의 근원이 되는 샘물에서 몸을 씻었다. 그 순간, 그의 몸에서 금으로 변해버린 부분들이 녹아서 점점 살로 변하기 시작했다. 그의 손에 닿은 샘물은 금으로 변하지 않고 색깔만 금색으로 바뀌었다. 그 이후 팍톨로스강에서 사금이 많이 나온다는 소문이 나서 사람들이 몰려들었다.

디오니소스는 술과 포도를 사랑하고 축제와 음악을 즐기는 기쁨과 쾌락의 신으로 인간과 친밀했지만, 그 역시 절대자로서 위엄과 권위를 지닌 신이었다. 이것을 알지 못하고 인간으로서 감당하기 어려운 탐욕을 부린 결과, 미다스는 호된 벌을 받은 것이다.

4

충동적인 예술의 신 디오니소스

인생에 있어서 예술의 중요성은 아무리 강조해도 지나치지 않다. 아름다움을 추구하고 그 아름다움을 공유하면서 사람들은 감성이 풍부해지고 정서적 위로를 받는다. 감정과 정서는 이성과 거리가 있다. 예술은 이성보다는 사람의 기본적인 충동과 욕구에 충실하다. 신화에 등장하는 예술과 관련된 수많은 신들은 바로 그런 면에서 우리에게 큰 깨달음을 준다. 디오니소스 역시 충동적으로 자신의 감정을 있는 그대로 발산해 엄청난 사건을 일으킨 적이 있다.

즐거운 연회도 하루 이틀이고, 아무리 사랑하는 포도나무와 포도주라지만 이것을 전파하는 데만 골몰하다 보면 피곤해지는 법이다. 인간들과 가까이 지내며 항상 즐거움을 주는 그였지만 가끔은 혼자 있고 싶다는 생각도 들었다. 그러한 디오니소스가 혼자 있을 때 사건이 벌어졌다.

어느 날 모두들 취해 축제를 벌이고 있는데 디오니소스는 자신만의 시간이 갖고 싶어졌다. 디오니소스는 즐기는 무리를 뒤로하고 한적한 해안가에 홀로 앉아 조용히 마음을 가라앉히며 자신의 삶을 돌이켜봤다. 신에게도 때로는 이러한 휴식이 필요한 법이다. 그런데 이런 그를 가만히 놔두지 않는 자들이 있었다. 그들은 바로 바다를 떠돌아다니는 해적들이었다.

에트루리아에서 온 해적들은 지중해를 항해하다가 바닷가에서 잘생긴 청년을 발견했다.

"두목님, 바닷가에서 웬 녀석이 홀로 방황하고 있습니다."

"어디 보자."

해적들은 모두 눈이 좋았다. 바다 한가운데서도 망원경 없이 해안가에 있는 사람이 또렷이 보일 정도였다.

"정말 잘생긴 녀석이구나. 잡아다가 노예로 팔면 쏠쏠하겠다."

배는 바람을 타고 해안가를 향해 쏜살같이 달려왔다. 바람을 받아 돛이 터질 것처럼 부풀었다. 배가 어찌나 빠른지 마치 화살이 날아오는 것만 같았다. 디오니소스는 자신이 있는 쪽으로 다가오는 배를 보고 그들이 어떤 이들일지 짐작했지만 가만히 있었다. 무슨 일이 벌어질지 궁금했기 때문이다.

이윽고 해안가에 다다른 해적들은 창과 칼을 들고 배에서 뛰어내려

디오니소스에게 달려갔다.

"네 이놈, 꼼짝 말아라."

다른 사람 같으면 벌써 도망갔을 텐데 가만히 앉아 자신들을 쳐다보기만 하는 잘생긴 청년의 모습에 의아했지만, 해적들은 걸음을 더욱 재촉했다. 해적 선장이 외쳤다.

"이게 웬 떡이냐?"

거친 해적들이 달려들어 디오니소스를 붙잡아 일으켜 세웠다.

"네 이놈! 네놈은 이제 우리 것이다. 가자."

디오니소스는 어처구니없었지만 그들이 하는 대로 못 이기는 척 따라가봤다. 바닷물을 철벅철벅 걷어차며 배로 다가간 해적들은 디오니소스를 끌어 올린 뒤 밧줄로 꽁꽁 묶었다.

'이자들이 나를 어찌하는지 한번 봐야겠다.'

디오니소스는 흥미진진한 표정으로 해적들의 행태를 지켜봤다.

"어서 출항해라. 이놈은 노예로 비싸게 팔 수 있을 것이다. 이놈을 팔면 몇 개월 정도는 놀고먹어도 될 것이다. 으하하하!"

해적선은 곧 먼 바다로 나갔다. 그런데 해적들 가운데도 제정신을 가진 자가 하나는 있었다. 바로 키를 조종하는 키잡이였다. 그가 보기에 디오니소스의 행동은 아무래도 평범한 사람의 그것과는 달라 보였다. 그는 너무 잘생기고 체격이 건장한 데다 어떤 상황에도 얼굴에서 온화한 미소가 사라지지 않았다. 그리고 무엇보다 자신들을 하나도 두려워하지 않았다. 한참 생각에 잠겨 있던 그는 조용히 선장을 불렀다.

"두목님, 드릴 말씀이 있습니다."

"뭐냐?"

"저 포로를 보십시오. 아무리 봐도 이상합니다."

"뭐가 이상하다는 거냐?"

"저 태연한 모습을 보십시오. 그리고 빛을 내뿜듯 광채가 나는 저 몸을 보십시오. 저자는 사람이 아닐 수도 있습니다."

"대체 무슨 소리를 하는 거냐? 그럼 신이라도 된단 말이냐?"

"그럴지도 모르지요. 신들이 가끔 인간으로 변신해 세상에 내려와 인간들을 시험한다고 하지 않습니까? 저자가 제우스나 아폴론이면 어쩌실 겁니까?"

"말도 안 되는 소리 하지 마라."

"아니면 포세이돈일 수도 있지요. 어쨌든 우린 지금 큰 실수를 하고 있는 겁니다. 아무리 봐도 저자는……."

"정신 나간 놈 같으니라고. 저놈을 팔면 분명 큰돈을 벌 텐데 어떻게 풀어주라고 할 수 있단 말이냐?"

"지금이라도 그냥 바다에 던져버립시다."

"쓸데없는 소리 하지 마라. 이렇게 잘생긴 놈은 이집트나 키프로스에 데려가면 아주 비싼 값에 팔 수 있다. 그리고 저놈이 귀족이나 왕의 일족이라면 몸값을 엄청나게 뜯어낼 수도 있을 것이다. 이런 횡재를 포기하라고? 너는 키나 똑바로 잡아라. 얘들아, 이집트 쪽으로 배를 돌려라."

해적들은 노를 저어 이집트 쪽으로 방향을 틀었다. 젊은 노예를 팔아 한몫 단단히 쥐어서 곧 부자가 될 거라고 생각하니 기분이 너무 좋았다. 모두들 땀을 흘리며 열심히 노를 젓고 있을 때였다.

"노 젓는 건 정말 힘든 일이지?"

노잡이가 죽어라 노를 젓고 있는데 갑자기 누군가 뒤에서 부드럽게 물었다. 고개를 돌린 노잡이는 놀라서 기겁했다.

"으악!"

분명히 꽁꽁 묶어놓았던 디오니소스가 쭈그리고 앉아 온화한 웃음을 짓고 있었다. 게다가 하나도 두려운 기색 없이 오히려 자신을 측은하다는 듯 바라보고 있었다. 화들짝 놀란 그는 소리쳤다.

"두목님, 노예의 밧줄이 풀렸습니다."

그 소리에 선실에 있던 해적 두목이 뛰쳐나왔다. 단단히 묶어놓은 끈이 어떻게 풀렸는지 노예가 배에서 자유롭게 왔다 갔다 하고 있는 것 아닌가.

"얼른 저놈을 다시 묶어라."

해적들은 허둥지둥 달려가 디오니소스를 다시 묶었다. 디오니소스는 전혀 저항하지 않았다. 이번에는 두 배로 더 꽁꽁 묶었다. 하지만 소용없었다. 또다시 끈이 풀려버린 것이다.

"아니, 저놈은 잘생긴 데다 힘도 정말 세구나. 이런 노예라면 정말 큰돈을 받을 수 있을 것이다. 얘들아, 저놈을 다시 묶어라."

하지만 소용없었다. 아무리 밧줄을 단단히 동여매도 그를 기둥에 묶어놓을 수 없었다. 키잡이가 다시 달려왔다.

"두목님, 보십시오. 저자는 사람이 아닙니다. 빨리 풀어줘야 합니다. 제자리에 데려다 놓아야 됩니다."

"쓸데없는 소리 하지 마라. 바람도 잘 불고 며칠만 항해하면 큰돈을 벌 수 있을 것이다. 저자는 신이 우리에게 보내준 선물이 분명하다. 선물을 어찌 버리란 말이냐? 네가 정녕 제정신이냐?"

"하지만 아무리 묶어놔도 밧줄이 금세 풀려버리고 말지 않습니까? 저자는 언제든지 마음만 먹으면 바다로 뛰어들 수 있습니다."

"에잇, 안 되겠다. 쇠사슬을 가져와라."

해적들은 쇠사슬을 꺼내 디오니소스를 묶었다.

"자, 이제는 정말 벗어나지 못할 것이다. 빨리 노를 저어 이집트 쪽으로 가자."

다들 힘껏 노를 저었다. 배가 조금 나아가자마자 쇠사슬이 끊어져 갑판 위에 떨어지며 요란한 소리가 났다. 다들 깜짝 놀랐다.

"이럴 수가……."

디오니소스는 더 이상 저들에게 기회를 줄 필요가 없다는 생각이 들었다. 자신을 풀어줬다면 용서해줄 수도 있었지만 해적들은 자기 수중에 떨어질 몇 푼의 돈에 사로잡혀 양심을 저버렸다. 이들을 응징해야겠다는 생각이 들었다. 이깟 해적 몇 놈을 처치해봤자 세상의 정의가 실현될 리 없었다. 이들에게 벌을 줘봤자 마음을 고쳐먹을 리도 없었다. 하지만 음악을 좋아하고 술을 좋아하는 그는 다분히 감정적인 신이었다. 자신을 무시하고 자신의 뜻을 헤아리지 못한 해적들을 보며 분노가 치솟았다.

"크르릉!"

갑판 위에 거대한 사자 한 마리가 나타났다. 디오니소스가 변신한 거였다.

"아악!"

해적들은 모두 너무 놀라 그 자리에 주저앉고 말았다. 그뿐만 아니었다. 갑자기 갑판이 쪼개지더니 그 틈에서 새싹들이 올라왔다. 바로 포도 덩쿨이었다. 포도 덩쿨이 순식간에 사방을 감싸더니 배의 여기저기를 뚫고 나왔다. 푸른 잎과 덩굴이 해적선을 뒤덮고 포도송이가 주렁주렁 매달렸다. 눈앞에서 벌어지는 광경에 겁먹은 해적들은 당황해서 어쩔 줄 몰라 했다.

"어서 도망치자! 어서!"

해적들은 앞다퉈 바다에 뛰어들었지만 두목은 갑판 위에 서서 사자로 변한 디오니소스를 노려봤다. 해적 두목은 칼을 뽑아 들고 사자를 죽이려고 했지만 소용없었다. 펄쩍 뛰어오른 사자는 두목의 목을 물어 죽여버렸다. 이윽고 디오니소스는 사자에서 원래 모습으로 돌아왔다. 해적들은 바다에서 허우적거리며 이 모든 광경을 지켜보고 있었다. 휘황찬란한 신의 모습을 보고 그들은 모두 비명을 지르며 살려달라고 애원했다.

"살려주십시오! 제발 살려주십시오!"

디오니소스는 물에 빠진 해적들을 모두 돌고래로 만들어버렸다.

"너희들은 영원히 바다에서 살아라."

배에 남아 있는 것은 디오니소스를 풀어주자고 했던 키잡이뿐이었다. 두려움에 사로잡힌 키잡이는 엎드려서 벌벌 떨었다.

"살려주십시오. 신이시여, 제발 살려주십시오."

"두려워하지 마라! 너는 고개를 들어라."

고개를 들어보니 눈앞에 디오니소스가 온몸에서 광채를 뿜으며 서 있었다.

“신이신 줄 미처 몰랐습니다. 제발 살려주십시오.”

“걱정하지 마라. 너는 유일하게 나를 묶지 말자고 했던 인간이다. 너는 포도주를 마시고 나의 축복을 받아라. 그런데 더 이상 해적질은 하지 않는 것이 좋겠다.”

“감사합니다.”

키잡이는 디오니소스의 너그러움에 고개를 숙여 큰절을 했다.

예술을 사랑하고 음악을 좋아했지만 디오니소스는 결코 유약하고 부드러운 신이 아니었다. 그의 분노는 무서웠다. 분노 역시 감정의 영역인 것이다.

5

반인반수 판

목동들의 신인 판은 디오니소스 못지않은 뛰어난 예술가였다. 예술은 결핍에서 꽃피는 것인지 그는 못생긴 외모 때문에 불행한 유년기를 보냈다. 상체는 사람인데 염소의 다리와 꼬리를 지닌 반인반수인 그는 태어나면서부터 불행을 타고난 셈이었다. 그의 아버지는 헤르메스이고 어머니는 요정 드리오페로, 신과 요정을 부모로 두었지만 판은 너무나도 못생긴 외모를 가지고 태어났다. 심지어 드리오페조차 염소의 하반신을 갖고 태어난 아기를 보자마자 깜짝 놀라 소리를 질렀을 정도였다.

"어머, 이런 괴물이 내 배 속에서 나오다니……."

드리오페는 자신이 낳은 아기를 보자마자 도망쳐버렸다. 판은 이렇게 태어나면서부터 불행한 운명이었다. 하지만 이런 결핍과 고초는 판의 예술적 감성이 꽃피는 데 큰 도움이 되었다.

"아, 정말 가엾구나. 나라도 잘 거둬야겠다."

헤르메스는 자신의 아이를 불쌍히 여겨 잘 돌봐주었다. 판이 자라면서 음악적인 재능이 있고 예술을 즐긴다는 것을 알게 된 그는 디오니소스를 찾아갔다.

"이보게, 디오니소스!"

"어쩐 일이십니까?"

"자네에게 부탁이 있네."

"말씀하시지요."

"나에게 아들이 하나 있다네."

"그렇습니까?"

"자, 이 아이라네."

헤르메스는 등 뒤에 숨어 있던 판을 디오니소스 앞에 내보였다. 디오니소스는 판을 보자마자 모든 사정을 알았다는 듯 고개를 끄덕였다. 그는 다정하게 판의 머리를 쓰다듬으며 말했다.

"그래, 네가 바로 판이로구나."

"안녕하세요."

판은 잘생긴 디오니소스를 보자 더욱 움츠러들었다.

"이 아이가 음악에 재주가 있는 것 같으니 자네가 도움을 주면 어떻겠나? 어렵겠나? 부탁하네."

"어렵지 않습니다. 얘야, 너는 어떤 악기를 좋아하니? 한번 연주해줄 수 있겠니?"

디오니소스의 권유에 판은 부끄러워하면서도 자신이 만든 피리를 불기 시작했다. 태어나자마자 어머니에게 버림받은 슬픔과 괴물의 모습으로 살아가야 하는 자신의 불행한 삶을 녹여낸 아름다운 음악을 들으며 디오니소스는 눈물을 흘렸다.

"이렇게 아름다운 연주는 일찍이 들어본 적 없다. 네가 우리 일행과 함께한다면 틀림없이 엄청난 사랑을 받을 거야. 얘야, 오늘부터 우리와 함께 다니지 않겠니?"

판은 두려웠다. 자신의 기괴한 모습을 보면 사람들이 손가락질할 게 뻔했기 때문이다. 디오니소스 뒤에 숨어서 주춤주춤 걸어가자 음악을 연주하고 포도주를 마시며 즐거워하던 사람들이 모두 고개를 돌렸다. 그때 디오니소스가 소리쳤다.

"여러분, 새로운 친구가 왔습니다. 헤르메스의 아들인 판이에요. 놀라운 연주 실력을 가지고 있지요. 판, 앞으로 나와라."

판은 눈을 질끈 감고 앞으로 나왔다. 또다시 눈 뜨고 볼 수 없는 흉측한 몰골이라며 썩 꺼지라는 놀림과 조롱과 편견과 차별의 말을 들을 것 같았기 때문이다. 그때 갑자기 밝은 웃음소리와 박수 소리가 들렸다.

"어서 와. 환영해!"

"정말 멋지게 생겼구나."

순간, 판은 눈을 떴다.

"맞아. 아주 우리 동료로 딱인데."

이들은 재주 있는 자를 사랑했다. 능력만 있으면 그 누구라도 상관 없었다. 디오니소스 무리에 차별은 없었다. 편견도 없었다. 이들은 판을 있는 그대로 반기며 따뜻하게 대해주었다. 판은 이렇게 따뜻한 환영을 받아본 적이 없었다. 이때부터 비틀어졌던 영혼이 조금씩 바로잡히며 판은 음악을 통해 세상 사람들을 치유해주기 시작했다. 그는 들판에서 양이나 소를 치는 목동들을 보호해주고, 춤과 노래를 가르쳐주었다.

그런데 그가 연주하는 음악은 너무나 아름다웠지만 그의 외모는 사실 너무나 무서웠다. 상체만 사람의 몸이었으니 누구나 판을 처음 보면 기절하거나 도망을 갔다. 하지만 판에게도 사랑의 감정은 있었다. 그 누구보다 감성이 충만한 예술가이니 그가 느끼는 사랑의 감정은 깊고도 절실했다.

어느 날 숲에서 음악을 연주하던 판은 요정 시링크스를 만났다. 아름다운 음악 소리를 들은 시링크스는 궁금했다.

'누가 이렇게 아름다운 음악을 연주하는 거지?'

주위를 두리번거리는데 등을 돌리고 앉아 있는 사람이 보였다. 그의 손에는 피리가 들려 있었다. 시링크스는 아름다운 음악에 취해 조용히 다가가 물었다.

"이토록 아름다운 음악을 연주하는 당신은 누구신가요?"

판이 고개를 돌렸다. 잘생긴 청년의 모습을 기대한 시링크스는 그 순간 기겁하고 말았다.

"악!"

패닉이었다.★ 공포가 현실이 된 현장이었다. 시링크스는 너무 놀라

도망치기 시작했다.

판은 반대였다. 쓸쓸하고 외로운 마음에 피리를 연주하던 판은 아름다운 여인이 자신을 부르는 순간, 그녀에게 푹 빠지고 말았다. 처음으로 자신에게 말을 걸어준 여성이었기 때문이다.

"여보세요! 기다리세요! 제발 기다리세요! 내 외모만 보고 두려워하지 마세요. 당신과 얘기를 나누고 싶어요."

염소 다리를 가진 판은 믿을 수 없을 정도로 빠른 속도로 달려갔다. 공포에 사로잡힌 시링크스는 더 빨리 달려갔다. 그러나 시링크스가 아무리 힘껏 달려도 판은 포기하지 않았다.

"기다리세요. 당신을 포기하지 않을 겁니다. 잠깐만 내 얘기를 들어주세요."

"싫어요. 가까이 오지 마세요."

시링크스가 너무나 끔찍해하며 뒤도 돌아보지 않고 달리고 있는데, 그녀 앞에 피할 수 없는 장애물이 나타났다. 눈앞에 라돈강이 나타난 것이다. 평상시 같으면 쉽게 건너갈 수 있는 얕은 강이지만 하필 며칠 전 큰비가 내려서 잔뜩 불어난 강물이 거세게 흘러가고 있

너무나 끔찍하거나 큰 충격을 받았을 때 사람들은 '패닉에 빠졌다'고 말해. '패닉'은 판에게서 유래한 말이야. 생김새가 기괴한 판은 악취미가 있었어. 괴성을 지르며 지나가는 사람 앞에 튀어나와 깜짝 놀라게 하는 게 취미였지. 마라톤 전투에서는 이런 취미가 도움이 되기도 했어. 판이 기괴한 모습으로 적군인 페르시아 군인들을 공포에 빠뜨려 도망치게 했거든. 그래서 그리스인들은 판을 수호신처럼 여기기도 해. 요즘에는 금융 쇼크와 관련된 경제 공황을 이야기할 때 '패닉'이라는 말을 많이 써. 공황장애와 관련해서도 자주 들을 수 있지. 두려운 존재를 만나 극도로 긴장하고 공포에 빠지는 것을 '패닉'이라고 표현해.

판(목신)

판은 자연과 목동, 양치기를 보호하는 신이야. 반은 인간, 반은 염소의 모습을 하고 있지. 두 다리가 염소 다리처럼 생겼고, 머리에는 뿔이 나 있어. 주로 숲과 들판에서 지내며, 자유롭게 자연을 누비고 다녔어. 판은 피리를 아주 잘 불어서 그의 피리 소리를 들으면 동물들이 편안함을 느꼈다고 해. 하지만 판이 화를 내면 사람들은 '패닉'에 빠지기도 했지. 판은 장난꾸러기라 목동들에게 자주 장난을 쳤어. 그리스 신들 중에서도 판은 자연의 평화로움과 자유로움을 상징하는 신으로 꼽혀.

었다. 강 앞에 멈춰선 시링크스는 재빠르게 쫓아오는 판을 봤다. 그녀가 느끼는 두려움은 이루 말할 수 없을 정도였다.

"강의 신이시여, 저를 살려주세요. 저를 도와주세요."

그 순간, 강의 신이 나타났다. 시링크스의 요청을 들은 것이다.

"네 간절한 염원을 들어주마."

하지만 강의 신에게는 그녀를 강 건너로 보내줄 만한 힘이 없었다. 강의 신은 대신 시링크스에게 마법을 걸었다. 시링크스는 그 자리에 선 채 몸이 가늘게 말라붙기 시작했다. 판이 도착했을 때 그녀는 갈대가 되어 바람에 흔들리고 있었다.

"아, 이럴 수가……. 아무리 내가 싫다지만 어찌 갈대가 될 수 있단 말이오. 정말 너무합니다."

좌절한 판은 한참 동안 눈물을 흘렸다. 그러다 문득 그녀를 이곳에 놓고 그냥 떠날 수는 없다는 생각이 들었다. 그는 칼을 꺼내 들어 갈대를 잘랐다. 갈대를 자르자 비어 있는 속으로 바람이 통과하며 오묘한 소리를 냈다. 그는 갈대를 다양한 길이로 잘라 음률에 맞게 이어 붙였다. 평상시에 피리를 많이 만들어봤기 때문에 판의 손길에는 거침이 없었다. 갈대를 둥그렇게 이어 붙이자 순식간에 멋들어진 악기가 되었다. 판은 사랑하는 여인에게 입 맞추듯 악기에 부드럽게 입술을 대고 입김을 불어넣어 소리를 냈다. 천상에서 울릴 듯한 아름다운 소리가 흘러나왔다.

"이 악기를 연주하면 아름다운 시링크스를 항상 품에 안고 다니는 것 같을 거야."

누군가의 마음을 억지로 살 수는 없는 법이다. 자신을 두려워하는 상대를 쫓아가봤자 반감만 더 커질 뿐이다. 판이 이성적이었다면 자신을 보고 두려워하는 요정을 굳이 쫓아가지 않았을 것이다. 그랬으면 아름다운 시링크스가 두렵다 못해 공포심을 느끼며 돌이킬 수 없는 선택을 해서 갈대로 변할 일도 없었을 것이다. 그렇지만 음악을 사랑하는 판은 감성적인 신이었기에 자신의 감정에만 몰두해 그렇게 하지 못했다.

사람들은 판이 만든 악기를 팬플루트라고 불렀다. 판의 연주 솜씨는 날이 갈수록 좋아졌다. 그의 연주를 들은 사람들은 입을 모아 칭송했다.

"아폴론보다 솜씨가 뛰어나잖아?"

"그러게 말이야. 정말 아름다운 음악이야. 저 정도면 신들 사이에서도 최고일 거야."

사람들 사이에서 판의 연주 실력이 최고라는 평판이 떠돌기 시작했다. 인간 세상의 이야기는 결국 올림포스에 전해지게 마련이다. 이 소리를 들은 아폴론은 괘씸하다는 생각이 들었다.

"뭐야? 판이 나보다 뛰어난 연주 실력을 가졌다고? 말도 안 되는 소리! 그렇게 못생긴 녀석이 솜씨가 좋아봤자 얼마나 좋겠어!"

아폴론은 콧방귀를 뀌며 무시해버렸다. 이 이야기는 다시 판에게 전해졌다.

"뭐라고? 아폴론이 나를 무시했다고? 좋아. 어디 한번 겨뤄보자고 해야겠군."

판은 아폴론에게 도전장을 내밀었다.

"아폴론 신에게 도전하겠습니다. 누가 더 아름다운 음악을 연주하는지 겨뤄봅시다."

아폴론은 음악을 사랑하는 신이었다. 예술에서 둘째는 필요 없다. 예술은 첫째만이 주목받는 분야다.

"좋다. 도전을 받아주겠다. 도전 장소는 미다스 왕이 다스리는 프리기아로 정하겠다."

미다스는 이미 한 번 신에게 크게 혼난 상태였다. 그가 손대는 모든 물건이 황금으로 변하는 벌을 받은 뒤 겸손해져 더 이상 탐욕을 부리지 않았기에 주변 사람들에게 칭송을 받고 있었다. 약속한 날, 프리기아의 트몰로스산에 사람들이 몰려들었다. 신들이 아름다운 음악으로 경연을 벌인다니 그 귀한 장면을 놓칠 순 없는 일이었다. 트몰로스산의 산신은 기다렸다는 듯 나섰다.

"제가 심판이 되어드리겠습니다."

"좋다. 그대가 이곳의 주인이니 잘 듣고 누가 더 뛰어난지 판단해주기 바란다."

사람들이 몰려 있는 것을 보자 아폴론은 생각했다.

"가만, 이곳의 왕인 미다스도 초청해야겠군. 그자가 우리에게 이 장소를 허락해주었으니까."

그리하여 미다스 왕도 초청장을 받았다. 미다스는 두 신에게 정중하게 예를 갖추며 말했다.

"저는 양심껏 있는 그대로 판정하겠습니다. 신들께서는 저의 공정함을 의심하지 않으셔도 됩니다."

이들은 포도주를 한 잔씩 마신 뒤 마침내 연주를 시작했다. 판은 혼신의 힘을 다해 연주했다. 팬플루트가 현란하게 움직였다. 청아한 소리가 향기처럼 온 세상에 퍼지고, 새들처럼 하늘 높이 날아올랐다. 듣는 이들 모두 마음이 녹아내리는 것만 같았다. 목동들은 땀을 식히고, 가축들도 모두 제자리에 웅크리고 앉아 아름다운 음악을 들었다. 날던 새도 나뭇가지에 자리 잡고 음악을 들었으며, 곤충과 벌들조차 음악 소리를 방해하지 않으려고 잎사귀에 조용히 깃들었다. 너무나도 매혹적인 연주를 들은 사람들은 자다가 깬 듯 몽환적인 표정이 되었다. 연주가 끝나자 우레 같은 박수가 터져 나왔다.

"좋소. 다음은 아폴론 신의 차례입니다."

트몰로스산 신의 말에 따라 이번에는 아폴론이 수금을 연주하기 시작했다. 아폴론은 지금까지 들어본 적 없는 부드러운 음악 소리를 들려주기 시작했다. 장엄한 그의 연주는 온 세상을 감싸고 산과 계곡, 바다를 가득 채웠다. 자연의 모든 생명체들이 아름다운 음악에 취해버린 듯했다. 바람조차 잠잠해져서 그야말로 우주와 인간과 모든 생명체가 하나가 되는 것만 같았다.

"우와!"

연주가 끝나자 사람들은 다시금 우레 같은 박수를 쳤다. 요정들도 환호했다. 사람들은 모두 아폴론의 음악에 깊게 빠져들었다. 아름다운 연주를 듣고 난 트몰로스산 신은 일어나서 말했다.

"판정을 내리겠습니다. 제가 듣기에 아폴론 신의 음악은 그 누구도 따라갈 수 없을 것 같습니다. 승자는 아폴론 신이십니다."

사람들은 모두 만세를 부르며 아폴론에게 박수를 쳐주었다.

"축하합니다!"

"만세!"

그러나 미다스는 생각이 달랐다. 인간적으로 볼 때 잘생긴 아폴론보다는 흉측한 외모를 지닌 판에게 마음이 쏠렸다. 치명적인 단점을 딛고 이렇게 아름다운 연주를 해내기까지 얼마나 가슴 아픈 일들을 겪었을까 생각하니 그의 연주에 한층 더 공감됐다. 미다스는 손을 들었다.

"잠시만요. 외람된 말씀이지만 제 생각은 다릅니다. 저는 판 님의 음악을 들으며 예술이란 게 무엇인지 깨닫게 되었습니다. 삶의 고통과 아픔을 이겨내고 아름다움으로 승화시킨 예술혼이라는 게 무엇인지 알 것 같았습니다. 그런 면에서 볼 때 승자는 판 님이 아닐까요?"

"와!"

그 말을 들은 사람들은 모두 미다스의 말이 옳다며 열렬히 박수를 쳤다. 대결에서 패배했다고 생각하며 슬퍼하던 판은 미다스를 보고 미소를 지어주었다. 문제는 아폴론이었다. 아폴론은 자존심이 상했다. 그는 신이었다. 그 누구도 감히 그와 경쟁하려 하거나 좌지우지할 수 있는 존재가 아니었다. 하지만 이 순간만큼은 그 역시 음악을 좋아하는 한 명의 연주자일 뿐이었다. 아폴론은 참지 못하고 버럭 소리를 질렀다.

"뭐라고? 누가 네게 심판을 보라고 그랬느냐? 네놈이 이곳의 왕이라서 불러다 앉혀놨더니 네가 신들에게도 왕인 줄 아느냐? 그따위 귀를 가지고 어떻게 백성들의 소리를 듣는단 말이냐?"

아폴론은 자기도 모르게 화가 치밀어 미다스의 귀를 잡아당겨버렸다. 미다스의 귀는 당나귀 귀처럼 길어졌다. 만지는 것마다 금이 되는 사건 이래 두 번째로 당하는 재앙이었다.

"하하하! 아무짝에도 쓸모없는 네놈의 귀가 당나귀 귀처럼 길어져 버렸구나!"

아폴론은 그렇게 쏘아붙인 뒤 하늘로 올라가버렸다. 그 모습을 지켜본 판은 미다스 왕이 측은했다. 또다시 신의 벌을 받았기 때문이다.

"미다스, 미안하구려. 나를 응원하다가 이런 일을 당하다니."

"이를 어쩌면 좋습니까? 제발 도와주십시오."

"나도 어떻게 할 방법이 없소. 신이 내린 징벌을 다른 신이 풀어줄 수는 없는 법이거든. 안타깝지만 그 모습으로 살 수밖에 없을 것 같소. 나를 좋게 평가해준 그 은혜는 절대 잊지 않겠소."

판은 고개를 저으며 요정들과 함께 숲으로 사라져버렸다. 감성적인 신들 때문에 희생당한 것은 미다스뿐이었다.

한편, 궁으로 돌아온 미다스는 길게 늘어난 귀가 너무나 부끄러웠다. 당나귀 귀가 된 자신을 사람들이 어떻게 볼까 걱정됐다.

"여봐라. 당장 내 귀를 가릴 수 있는 멋진 모자를 만들어라."

신하들은 세상에서 가장 화려한 모자를 만들어 왔다. 그 모자는 미다스의 귀를 푹 덮을 만큼 커다랬다. 그 모자를 쓰자 사람들은 미다스의 귀가 당나귀 귀처럼 변해버렸다는 것을 알지 못했다. 문제는 계속 자라는 머리카락이었다. 길게 자란 머리카락 때문에 여름이 되자 더워서 견딜 수 없었다. 땀이 줄줄 흘러내렸다. 견디다 못한 미다스는 성에서 가장 뛰어난 이발사를 불렀다. 궁전 내밀한 곳으로 이발사를 부른 미다스가 말했다.

"나와 약속 하나 하자. 지금부터 너에게 무엇을 시키든 비밀을 지켜라. 약속하겠느냐?"

"지키겠습니다. 무슨 일이든 명령만 내려주십시오."

"나의 머리카락을 잘라다오. 그런데 이곳에서 본 것을 절대 밖에 가서 이야기해서는 안 된다. 이야기하는 순간, 너에게는 죽음만이 있을 것이다."

"예, 절대로 말하지 않겠습니다."

미다스는 모자를 벗었다. 왕이 모자를 벗는 순간, 이발사는 놀라지 않을 수 없었다. 왕의 귀가 당나귀 귀처럼 길게 늘어졌기 때문이다.

"아니, 대왕이시여, 어찌하여 이렇게 귀가 길어지셨습니까?"

"아폴론 신이 벌을 내려서 이렇게 되었다. 나는 죽는 날까지 이런 귀로 살 수밖에 없다. 사람들에게 놀림거리가 될 순 없으니 모자를 쓰고 있었는데, 길어지는 머리카락 때문에 너무 힘들구나. 그래서 너를 부른 것이다. 바람이 잘 통하도록 내 머리카락을 잘라다오."

"알겠습니다."

웃음을 참으며 이발사는 미다스의 머리카락을 단정하게 다듬어주었다.

"아, 살 것 같구나. 모자를 써도 이젠 바람이 통한다. 수고했다. 앞으로 매달 한 번씩 와서 나의 머리카락을 잘라다오. 나의 당부를 잊지 말고."

미다스는 보수를 두둑하게 챙겨주었다.

그날 밤, 집에 돌아온 이발사는 잠을 자려는데 자꾸만 왕의 모습이 생각났다. 그 긴 당나귀 귀를 생각하니 연신 웃음이 터졌다. 혼자 배꼽을 잡고 웃어대자 아내가 물었다.

"여보, 무슨 재미있는 일이 있었나요? 왜 그렇게 웃으세요?"

"아, 아니오. 아무것도 아니오. 빨리 자요, 자."

하지만 그후로도 미다스의 당나귀 귀를 생각하면 어디서든 웃음이 터졌다. 웃음을 참지 못하는 그의 모습을 본 사람들이 물었다.

"무슨 좋은 일이 있습니까? 혼자만 그렇게 웃지 말고 우리에게도 알려주세요."

하지만 절대 알려줄 수 없었다. 입을 떼는 순간, 자신의 목이 날아갈 것이기 때문이다. 그렇게 하고 싶은 말을 하지 못하고 꾹 참다 보니 이발사는 가슴속에 스트레스가 쌓이고 울화가 치밀었다.

'아, 이 이야기를 누구에게든 털어놓고 싶어. 가슴이 터질 것처럼 답답해 죽겠구나.'

점점 스트레스가 커져 이발사는 결국 병에 걸려 눕고 말았다. 그때 현명한 의사이자 정신치료사인 멜람푸스가 그에게 물었다.

"이제껏 건강하던 사람이 왜 갑자기 환자가 된 겁니까?"

"가슴속에 말할 수 없는 비밀을 담고 있기 때문입니다."

"제게 말해보세요."

"선생님께 말씀드리면 저뿐만 아니라 선생님도 죽을 겁니다."

"하지만 그 말을 하지 않으면 당신은 이대로 죽을 겁니다."

"제발 살려주십시오. 이대로 죽기는 억울합니다."

"그렇다면 방법을 말해드리지요. 아무도 당신의 말을 들을 수 없는 곳에 가서 당신이 가슴속에 품고 있는 그 이야기를 하면 됩니다. 동굴이나 숲속 정도면 어떨까요?"

"그렇게 하면 되겠습니까?"

"아마 그럴 겁니다."

가슴속 비밀을 털어놓을 생각을 하니 금방이라도 병이 나을 것만 같았다. 이발사는 벌떡 일어나 생각했다.

'동굴에 가서 이야기할까?'

하지만 동굴에는 동물이나 사람이 있을 것만 같았다.

'숲에 가서 털어놓을까?'

숲은 더 위험할 것 같았다. 수시로 나무꾼들이 드나들고, 메아리 때문에 소리가 사방팔방 전해질 수도 있었다.

'그래, 아무래도 제일 좋은 곳은 강가 같아. 탁 트인 강가에서 아무도 없는 것을 꼼꼼히 확인하고 가슴속 이야기를 털어놓으면 괜찮을 거야.'

이발사는 그날로 갈대가 무성한 강가를 찾아갔다. 다행스럽게도 바람이 거세게 불고 있어서 밖에 나온 사람이 아무도 없었다.

'여기가 딱이군. 보는 사람이 아무도 없어.'

지평선 끝까지 훤히 보이는 강가에는 사람 그림자도 보이지 않는 것은 물론 개미 새끼 한 마리 얼씬거리지 않았다. 주위를 한참 동안 둘러본 이발사는 모래를 깊이 판 뒤 그 구멍에 대고 큰 소리로 외쳤다.

"임금님 귀는 당나귀 귀! 임금님 귀는 당나귀 귀다! 으하하하!"

실컷 외친 뒤 모래로 구멍을 메워버렸다. 그가 하고 싶었던 말들을 모래 속에 묻어버린 것이다.

"아이고, 살겠다."

이발사는 신이 나서 마을로 뛰어갔다. 병은 씻은 듯이 나았다. 그런데 이발사의 이야기를 들은 존재들이 있었다. 그것은 바로 강가에 있는 갈대와 바람이었다. 바람이 불 때마다 갈대들은 아련하게 외치기 시작했다.

"임금님 귀는 당나귀 귀, 귀, 귀, 귀……."

강가에 나갔던 사람들이 우연히 이 소리를 들으면서 점점 소문이 퍼져 나갔다. 그러던 어느 날 강변에 나와 바람을 쐬던 미다스는 갈대들이 웡웡대며 "임금님 귀는 당나귀 귀"라고 떠드는 소리를 들었다. 순간, 미다스는 깨달았다. 이 세상에 비밀은 없다는 것을. 그러면서 신들의 감정싸움에 끼어들었다가 비록 벌을 받았지만 자신이 잘못한 것은 없다는 생각이 들었다. 궁에 돌아온 미다스는 사람들 앞에서 모자를 벗었다. 그리고 자기 귀가 당나귀 귀처럼 길어진 이유를 허심탄회하게 털어놓았다.

"놀라지 마라. 나는 판의 편을 들었다가 아폴론의 노여움을 사서 이렇게 당나귀 귀처럼 두 귀가 길어지고 말았다."

사람들은 모두 깜짝 놀랐다.

"이를 어쩝니까?"

하지만 미다스는 이미 큰일을 두 번이나 겪어본 사람이었다.

"이제껏 이런 내 귀를 부끄러워하며 가리기 급급했지만 이제 더 이상 숨기지 않겠다. 이렇게 귀가 크니 너희들의 목소리를 더 잘 듣지 않겠느냐. 뭐든 하고 싶은 말이 있으면 크게 외쳐라. 나는 잠자다가도 그 소리를 듣고 너희들의 불편을 해결해주겠노라."

"만세! 만세!"

신들의 싸움에 희생당한 미다스는 더욱더 존경받는 왕이 될 수 있었다. 어쩌면 그에게 내려진 신들의 재앙은 복이었는지도 모른다.

6

음악과 예술의 시대

그리스 아테네는 예술품의 도시다. 도시 곳곳에 조각상이 세워져 있고, 예술의 흔적이 수없이 많이 남아 있다. 그리스인들은 음악과 시와 연극과 그림 등 아름다움을 추구하는 모든 예술을 사랑했다. 그들은 올림포스의 신들이 자신들을 보호해준다고 믿으며 예술의 삶을 이어 나갔다.

올림포스의 신들을 살펴봐도 그들이 얼마나 예술을 중요시했는지 쉽게 알 수 있다. 수많은 신들 가운데 예술과 관련된 신은 너무나 많다. 직접 예술품을 만들어내는 헤파이스토스. 술을 마시며 제전과 음악과 춤을 주도해온 디오니소스. 플루트를 만들어 불고 다니는 판과 헤르메스는 뛰어난 수금 연주자이기도 했다. 음악의 신 아폴론조차 그들의 수금 연주에 매혹될 정도였다. 수없이 많은 요정들과 수없이 많은 신들이 음악과 미술, 예술에 힘썼다. 아름다움이야말로 그들이 존재하는 이유였다. 숲과 바람과 하늘과 별과 신은 모든 그리스인들에게 삶의 양식이 되었으며, 곳곳에 신들의 상징이 스며들었다.

이들 가운데서도 음악을 중심으로 활발히 활동한 존재들이 있다. 바로 아홉 명의 뮤즈★다. 이들은 전능한 제우스의 딸로, 오로지 이 세상에 예술을 전파하기 위해 존재했다. 이들은 시와 춤과 음악과 연극을 선물해 사람들에게 기쁨을 주었다. 사람들에게 아름다움이 무엇인지 깨닫게 해주고, 감수성을 북돋아주고, 예술적인 정서를 통해 삶의 행복을 느끼게 해주었다. 이들은 늘 기쁨과 명랑함, 밝음과 활달함을 생각했다. 이들의 지상 목표는 단 하나, 아름다움이었다. 이들은 오직 아름다운 것을 위해 존재했다.

"이 세상의 아름다운 것들만 바라보고 살아라. 추한 것까지 보기에는 시간이 너무 부족

이들을 '무사이'라고도 부르기도 하지만 '뮤즈'가 보다 널리 알려져 있어서 이 책에서는 이 이름을 쓰기로 했어. 뮤즈는 기억의 여신 므네모시네와 제우스가 9일간 사랑한 끝에 태어났다고도 하고 하르모니아의 딸이라든가 대지의 여신 가이아와 천공의 신 우라노스의 딸이라는 등 다양한 이야기가 전해지고 있어. 이 모든 것은 우주의 구성 원리, 혹은 인간의 삶에서 예술, 그 가운데서도 음악이 얼마나 중요한지 말해주는 게 아닐까. 여기서 말하는 음악이란 단순히 악기를 연주하거나 노래를 부르는 것을 지칭하는 게 아니라 모든 예술, 철학, 지혜, 역사의 근원을 뜻해. 그래서 뮤즈를 섬기는 가수들이 노래를 하면 인간들은 행복에 빠져 모든 근심을 잊게 되었던 거야. 오늘날 K팝에 전 세계 팬들이 열광하는 것을 보면 한국 가수들은 그들의 노래로 전 세계 사람에게 영감을 주는 현대판 뮤즈라는 생각도 들어.

하다."

이들은 예술가들을 찾아다니며 영감을 불어넣어주었다.

"저 아름다운 돌을 보니 저 돌 속에 있는 여신의 모습을 표현해보고 싶지 않으냐?"

조각가들에게는 이렇게 귀띔해 정과 끌을 들고 돌덩이들을 떼어내게 만들었다.

아름다운 풍경을 보는 목동에게는 이렇게 말해주었다.

"이 아름다운 풍경을 표현할 수 있는 아름다운 곡을 만들어보렴. 그래서 너의 피리로 불어보면 어떻겠어?"

이들이 곳곳을 다니며 영감을 주니 그리스에는 예술의 향기가 넘쳐났다.

그리스 사람들은 자신의 솜씨라고는 믿어지지 않는 뛰어난 예술품을 만들고 나면 이렇게 부르짖었다.

"오, 신이시여, 진정 제가 이 작품을 만들었단 말입니까? 이건 기적입니다."

모든 뛰어난 예술품에는 제우스의 딸들인 뮤즈의 마법이 깃들었다. 대자연에 나가 휴식을 취하면 뮤즈의 아름다운 노랫소리가 들려오는 것만 같았다.

이들은 아폴론과 자주 힘을 합쳤다. 아폴론은 알다시피 음악의 신이다. 그가 수금을 들어 연주하기 시작하면 이들은 노래를 부르고 춤을 추었다. 그러면 숲속의 요정들과 정령들이 모두 모여들어서 이들의 음악과 노래를 들으며 함께 춤을 추었다. 그 선율이 멀리멀리 울려 퍼지고, 그 선율이 또다시 사람들에게 영감을 주며 온 세상에 예술의 향기가 선순환했다.

뮤즈는 항상 바빴다. 세상 곳곳을 다니며 사람들에게 영감을 주어야 할 뿐만 아니라 제우스가 부르면 올림포스산에 올라가 연회에 참여해야 했다. 이들은 온 세상의 역사와 전통을 알고 있었기에 원하는 이가 있으면 과거의 역사를 노래로 불러주거나 연극으로 보여주었다. 우라노스와 가이아의 이야기부터 티탄과 올림포스 신들의 전쟁, 신들의 얽히고설킨 혈통, 그리고 찬란한 영광과 슬픈 패배의 기록들을 모두 머릿속에 담아놓고 있었다. 모든 공연이 끝나면 그들은 제우스를 찬양했다.

뮤즈는 신에게 봉사하고 남는 시간에는 인간에게 봉사했다. 위대한 영웅들이 나타나면 그들을 위해 노래를 부르고 시를 써서 바쳤다.

헤라클레스, 용감한 영웅이여,
힘과 용맹으로 세상을 뒤흔들며
도전과 모험에 몸담아온 너에게
이 시를 바치고자 한다.
너의 심장은 천둥처럼 울려 퍼지며
불사조처럼 높이 날아오를 것이다.
헤라클레스, 영원히 기억될 영웅이여!

이들은 너무나 바쁘게 돌아다니느라 무리한 나머지 모두 스러져 없어지고 말았다. 음악과 함께 태어난 이들이 사라지자 세상에서 음악도 사라질 것 같았지만, 그렇지는 않았다. 왜냐하면 이들은 귀뚜라미나 풀벌레로 다시 태어났기 때문이다. 고즈넉한 밤, 사방에서 들려오는 음악 소리는 바로 풀벌레로 변한 뮤즈의 선물이다. 귀뚜라미와 풀벌레들이 끊임없이 우는 것은 바로 이들이 못다 한 일을 하기 위해서라고 사람들은 믿고 있다.

뮤즈에 대해 자세히 살펴보자. 칼리오페는 서사시와 영웅시를 만들어냈다. 우두머리 뮤즈로서 그녀가 시를 쓰고 노래를 만들어야만 그것을 바탕으로 연극을 하거나 춤을 추거나 공연을 할 수 있었다. 모든 예술 중 문학이 가장 우월하며, 문학 중에서도 시가 가장 근본임을 알 수 있다. 그렇기 때문에 예술가들은 칼리오페를 좋아했다. 칼리오페의 영감과 아이디어가 글로 나와야만 그다음 예술이 이어지기 때문이다.

두 번째 뮤즈는 서정시를 쓰는 에라토다. 그녀는 시를 쓸 뿐만 아니라 사랑의 노래를 불러주었다. 수금을 연주하며 시를 낭송할 때면 모든 사람이 울고 웃으며 감동을 받았다.

폴리힘니아는 성가를 노래하는 뮤즈다. 그녀는 언제나 사색에 잠겨 있으며, 성가를 불러야 했기에 몸가짐을 가볍게 하지 않았다.

에우테르페는 음악의 뮤즈다. 에라토가 수금을 연주한다면 에우테르페는 관이 두 개인 쌍피리를 연주했다.

연극은 음악과 문학이 한데 어우러지는 것인데, 연극과 관련해서는 두 명의 뮤즈가 언급된다. 탈레이아는 희극의 뮤즈다. 그녀는 항상 우스꽝스러운 가면을 가지고 다니다가 그 가면을 쓴 채 무대 위에 올라가 공연을 해서 사람들에게 기쁨을 주었다. 반대로 멜포메네는 비극의 뮤즈다. 화나거나 우울한 표정의 가면을 쓰고 인간의 삶에 있어서 피할 수 없는 고뇌와 슬픔과 번민을 표현했다.

클레이오는 손에 항상 양피지를 들고 다녔다. 영웅들의 행동을 기록하는 뮤즈였기 때문이다. 천문을 관장하는 우라니아는 별들의 영광을 노래하고 기록했다. 그녀는 항상 손에 지구의 상징물을 들고 다니며 별들을 관찰했다. 테르프시코레는 합창과 춤의 상징이다. 그녀는 흔히 손에 수금과 작은 채를 들고 춤을 추는 자태로 표현된다.

아홉 명의 뮤즈는 모두 자기가 맡은 분야에서 최선을 다하며 온 세상에 음악과 예술이 꽃필 수 있도록 영감을 주었다. 뮤즈의 역할은 바로 사람들이 미를 추구하며 행복하게 살 수 있도록 노력하는 것이라고 할 수 있다. 이들 덕분에 그리스에는 항상 예술과 음악과 문학의 향기가 가득했다.

뮤즈만이 이 세상을 아름답게 만든 것은 아니다. 뮤즈 곁에는 세 명의 여신이 있었다. 이들의 이름은 카리테스. 이들은 객원 예술가 역할을 했다. 아홉 명의 뮤즈가 미처 채우지 못한 부분을 이들 세 여신이 보완해주었다. 세 여신은 상황에 따라 음악에 맞춰 춤을 추기도 하고 노래를 부르기도 했다. 또한 수시로 올림포스와 지상을 오가며 인간과 신들에게 아름다움을 선사하기 위해 기꺼이 노력했다. 결혼식이나 즐거운 축제가 있을 때면 항상 나타나 사람들에게 즐거움을 주었다. 사람들은 카리테스가 와야만 잔치나 연회가 빛을 발한다며 그들을 칭송했다. 사랑스러운 카리테스 세 자매가 있기에 사람들은 즐거움을 알게 되었고, 힘든 일을 마친 뒤 춤추고 노래하며 피로를 풀었다. 다른 신들도 카리테스를 무척 사랑했다. 시인들과 가수들도 카리테스를 좋아했다. 한마디로 이들은 그리스 로마 신화 시대의 아이돌 걸그룹이었다.

이처럼 음악과 예술이 꽃피던 그리스에는 유명한 예술가가 많았는데, 그중 아리온★을 빼놓을 수 없다. 아리온은 포세이돈의 아들로, 뛰어난 음악적 재능을 자랑했다. 아리온은 그리스 곳곳을 다니며 수금을 연주하고 노래를 불렀다. 그의 노래는 사람들을 울리고 온 대지를 촉촉하게 적셨다. 사람들은 그의 음악을 듣고 감동하며 그를 추앙했다. 그에 대한 소문은 곧 그리스 전역으로 퍼져 나갔다. 코린토스의 왕 페리안드로스 역시 아름다운 음악을 연주하는 자가 있다는 말을 들었다.

"아리온의 솜씨가 그토록 뛰어나다지? 그자가 포세이돈의 아들이라고 들었다. 어디 한번 그자를 데려와봐라."

"예, 알겠습니다."

신하들은 수소문해서 마침 근처를 지나가던 아리온을 만나 왕의 뜻을 전했다.

"페리안드로스 왕께서 당신을 초대하셨습니다."

"왕은 어떤 분이신가요?"

"예술을 사랑하는 분이십니다. 당신도 분명히 큰 상을 받을 겁니다. 당신의 솜씨를 보여주세요."

예술을 사랑한다는 말에 아리온은 자신의 솜씨를 보여주기 위해 왕 앞에 나섰다.

"그대가 훌륭한 예술가라 들었소. 부디 나를 기쁘게 해주시오."

융숭한 대접을 받은 뒤 아리온은 수금을 연주하며 노래하기 시작했다. 그의 선율은 완벽했고, 그의 목소리는 천상의 울림 같았다. 가만히 듣다 보니 절로 눈물이 났다. 그가 기쁨을 노래하면 모든 사람들이 환하게 웃었고, 그가 슬픔을 노래하면 모든 이들이 깊은 어둠 속에 빠진 듯 눈물을 흘렸다. 한마디로 그의 음악에 빠지면 도저히 헤어나올 수 없었다.

"아, 듣던 대로 대단한 재능이군. 당신처럼 뛰어난 이를 나는 본 적이 없소."

페리안드로스 왕은 아리온에게 코린토스에 오래 머물러달라고 청했다.

"이곳에 오래 머무르며 문화와 예술을 전파해주시오. 당신이 원하는 것은 무엇이든 해주겠소."

문화와 예술이 융성해지면 수많은 사람들이 몰려오고, 그것은 곧 국가의 부흥과 연결된다. 몰려든 사람들이 다양한 활동을 하면서 먹고 자는 비용을 쓰고, 세금을 내기 때문이다. 이러한 정책에 따라 코린토스에서는 페리안드로스의 자비로운 후원을 받는 예술가들이 곳곳에 깃들어 활동하고 있었다. 자고로 예술이란 그 자체가 돈이 되는 것이 아니기 때

아리온은 그리스 식민 도시가 많은 이탈리아 남부 해안가를 돌아다니며 노래를 불러 돈을 많이 벌었어. 오늘날 유명한 아이돌 가수가 전 세계를 돌아다니며 공연을 해서 막대한 부를 쌓는 것과 비슷해. 예나 지금이나 재능 있는 사람은 부와 명예를 한 손에 거머쥐는 법이야. 나만의 재능을 잘 살려서 꿈을 갖는 것이 얼마나 중요한지 알 수 있지.

문에 후원이 필요한데, 이렇게 문화에 대한 이해도가 높은 왕이 있으면 예술가들은 자신들의 능력을 마음껏 뽐낼 수 있는 법이다. 이런 이유로 아리온은 자신의 활동 무대를 코린토스로 옮기고, 그곳에서 엄청난 능력을 발휘했다. 그는 제자들을 기르고 각종 음악 축제에서 아름다운 곡을 선보였다.

그 무렵, 시켈리아에서 놀라운 대회가 열렸다. 그리스 전역의 예술가들을 모아 경연 대회를 열기로 한 것이다. 시켈리아 역시 문화의 중요성을 높이 평가했기에 경연 대회를 열어 많은 관광객을 끌어모아 경기를 활성화시키려는 의도가 있었다. 주변 각국에서 명예를 걸고 최고의 예술가들을 뽑아 보냈다. 내로라하는 예술가들이 한자리에 모여들었다. 코린토스에서는 당연히 아리온이 왕의 부탁을 받았다.

"그대가 참가해 우리 코린토스의 위력을 보여주는 게 어떻겠소?"

"기꺼이 다녀오겠습니다. 대회를 떠나 많은 예술가들과 어울릴 수 있다면 저에게도 큰 공부가 될 겁니다."

시켈리아에 가보니 그리스 전역에서 수많은 예술가들이 몰려와 있었다. 그들은 밤이면 연회를 열어 서로의 정보를 공유했고, 낮이면 공연을 했다. 예술가들은 각자 주어진 시간에 공연을 하며 많은 사람들에게 감동을 주었다. 아리온은 그중에서도 단연 압도적인 실력을 자랑했다. 아리온의 공연을 본 사람들은 하나같이 깊은 감동에 빠졌다. 그를 심사한다는 것 자체가 말이 안 되는 일이었다. 아리온의 실력은 나머지 예술가들을 모두 합친 것보다 뛰어났다. 그가 최고의 예술가라는 데 그 누구도 이견을 제시하지 않았다. 그는 천재적인 작곡가일 뿐 아니라 뛰어난 작사가였다. 또한 빼어난 연주가일 뿐 아니라 하늘이 내린 가수였다. 한마디로 그는 오늘날의 싱어송라이터 같은 존재였다. 축제에 나가기만 하면 최고의 영예를 차지하는 게 당연했다.

"심사 결과를 발표하겠습니다."

원형극장에 올라선 남자가 소리쳤다. 최고의 영예를 얻은 이가 누구인지 굳이 발표할 필요가 없었다. 모든 사람이 입을 모아 아리온의 이름을 외쳤기 때문이다.

"아리온! 아리온!"

대회에서 우승한 아리온은 황금 컵과 황금 월계관, 그뿐만 아니라 수많은 사람들이 선물한 귀중한 물건들과 엄청난 돈을 큰 배에 가득 싣고 코린토스로 향했다. 그가 떠나는 날, 시켈리아 사람들은 모두들 바닷가로 몰려나와 그를 환송해주었다. 그런데 엄청난 금은보화를 본 뱃사람들은 갑자기 욕심이 발동했다.★

"저자는 엄청난 영광을 차지했는데, 우리는 고작 몇 푼 안 되는 뱃삯으로 만족해야 한다니 말이 안 되는 것 같아."

"보니까 힘도 못 쓰게 생겼는데, 깊은 바다

먼 여행을 가는 사람이 큰 재물을 가지고 가면 반드시 길에서 강도나 도적을 만나 위험에 빠지게 되어 있어. 이건 동서고금을 막론하고 흔히 벌어지는 일이야. 《삼국지》에서도 조조의 아버지 조숭이 아들이 오라는 곳으로 이사를 가는데 호위대장인 장개를 무시하고 큰소리치다가 결국 재물을 탐낸 그에게 죽고 마는 이야기가 나와. 자고로 재물은 화를 부르는 법인가 봐.

에 나가면 물속에 처넣고 저자의 보물을 차지해버리자."

"그러자."

그런데 배에 오른 아리온이 그 소리를 듣고 말았다. 배는 바다를 향해 나아갔다. 한낱 예술가에 불과한 아리온이 거친 뱃사람들을 상대로 할 수 있는 일은 없었다. 그는 도리어 의연해졌다.

"그대들에게 묻겠소."

"뭔지 말해봐라."

"대체 왜 나를 바다에 던지려고 하는 겁니까? 나는 당신들에게 아무런 잘못도 하지 않았습니다. 아름다운 노래를 하고 아름다운 곡을 쓴 죄밖에 없는 나를 왜 바다에 빠뜨려 죽이려는 겁니까?"

그러자 음흉한 선원들이 빈정거리며 답했다.

"그걸 몰라서 묻느냐? 너의 죄는 분명하지. 겨우 노래 몇 곡 부르고 이처럼 많은 금은보화를 벌어들인 게 너의 죄다."

"원하는 게 고작 금은보화라면 다 가져가세요. 나는 이것들이 하나도 필요 없습니다. 나를 해치지만 않는다면 다 줄 수 있습니다."

"그렇게 목숨이 소중하단 말이냐? 으하하하."

"그렇소. 나는 노래를 불러야 합니다."

아리온의 말을 들은 몇몇 선원들이 말했다.

"꼭 사람을 죽일 필요까진 없지 않습니까?"

"그렇습니다. 금은보화만 차지하고 저자는 아무 데나 내려줍시다."

그러자 선장이 말했다.

"어리석은 소리 하지 마라. 저자를 살려주면 코린토스로 돌아가서 페리안드로스 왕에게 이 모든 사실을 말할 게 아니냐? 그러면 우리는 끝장이다. 왕의 군함이 쫓아오는데 우리가 살아남을 수 있을 것 같으냐?"

그것도 틀린 말은 아니었다. 그들은 완전범죄를 꿈꿨다. 아리온은 희망을 버리지 않고 선장에게 말했다.

"그렇게 생각할 수도 있겠군요. 하지만 나는 당신들에 대해 이야기할 마음이 전혀 없습니다. 믿지 않으니 어쩔 수 없군요. 좋소. 죽을 사람 마지막 소원 들어주는 셈치고 한 가지만 부탁합시다. 죽기 전에 마지막으로 노래를 한 곡 부르고 싶습니다. 그것은 들어주시오."

"좋다."

아리온은 뱃머리에 자리를 잡고 앉았다. 선원들은 할 일도 없는데 그리스 최고의 예술가라는 자의 노래를 듣고 저자를 바다에 처넣어야겠다고 생각했다. 아리온은 숨을 고르고 노래를 시작했다. 그는 노래 속에 선원들은 알지 못하는 기도문을 담아 넣었다.

아버지, 그대는 나의 일부입니다.
당신이 있었기에 내가 이 땅에 태어날 수 있었고
당신의 보호 아래 내가 이 땅에 살 수 있었습니다.
하지만 당신의 뜻에 어울리지 않게
나는 이제 이 세상을 떠납니다.
당신께서 도와주지 않는다면
저는 타르타로스로 돌아가겠지요.

그의 노래는 너무나 아름답고 구성졌다. 선원들은 그가 누구의 아들인지 알지 못했기에 자기들끼리 수군댔다.

"아버지 사랑을 많이 받았나 봐."

"그러게 말이야. 나라면 어머니를 부를 텐데."

"죽기 전에 사랑하는 사람을 위해 노래를 부르는 것도 나쁘지 않지. 으하하하!"

그러나 그들은 알지 못했다. 그의 아름다운 목소리가 바다에 울려 퍼져 포세이돈에게 닿았다는 사실을. 아리온의 노래는 위대한 신인 아버지에게 살려달라고 호소하는 말이나 다름없었다. 노래가 끝나갈 무렵, 키잡이들이 외쳤다.

"돌고래들이 몰려오고 있다."

뒤를 돌아보니 수많은 돌고래들이 배를 따라 헤엄쳐 오고 있었다.

"야, 돌고래들이 너를 끼닛거리로 삼을 모양이다. 이제 너는 네 갈 길로 가거라."

선원은 아리온을 번쩍 들어 그대로 바다에 처넣었다. 그러고는 뒤도 돌아보지 않고 돛을 올렸다. 그러나 아리온은 그들이 생각한 것처럼 바다에 빠져 죽지 않았다. 바다에 떨어지자마자 돌고래 한 마리가 그를 받쳐주었다. 돌고래 등에 올라탄 아리온은 아무 어려움 없이 숨을 쉴 수 있었다. 돌고래들은 코린토스 방향으로 헤엄을 쳤다. 아리온은 돌고래에게 올라탄 채 수금을 연주했다. 물과 돌고래와 자신이 하나가 되어 항해하는 멋진 경험이었다.

아, 멋진 바닷바람이 나를 감싸주는구나.

돌고래의 매끄러운 피부처럼

나의 항해도 부드럽게 흘러가리니.

고향 땅이여, 기다려라.

내가 돌아가리니.

놀라운 소식 품고

내가 돌아가리니.

이런 노래를 부르며 아리온은 돌고래에게 몸을 맡겼다. 한참 시간이 흐른 뒤 아리온은 마침내 코린토스에 도착했다. 그는 페리안드로스 왕에게 달려갔다. 초라한 모습으로 돌아온 아리온을 보자 페리안드로스 왕은 깜짝 놀랐다.

"시켈리아에서 엄청난 영예를 얻은 그대를 치하하기 위해 기다리고 있었소. 그대가 받아온 황금만큼 상을 주려고 준비하고 있었는데, 이렇게 홀딱 젖은 모습으로 나타나다니 이게 어찌 된 일이오?"

"왕이시여, 돌아오는 길에 험악한 꼴을 당했습니다. 저를 데리러 온 선원들이 엄청난 재물에 눈이 멀어 저를 바다에 던져버렸습니다."

"이럴 수가……."

자초지종을 들은 왕은 화가 머리끝까지 치솟았다.

선원들은 이 사실을 알지 못한 채 다음 날 유유히 항구로 들어왔다. 그들은 아리온이 배를 타러 오지 않았다고 둘러댈 생각이었다. 그런데 항구에 도착하자마자 왕의 경비병들이 그들을 붙잡았다.

"왕께서 너희들을 데려오라고 하신다."

입을 맞춘 터라 선원들과 선장은 아무런 거리낌 없이 왕궁으로 들어갔다. 내심 떨렸지만 아리온은 이미 죽었을 것이기에 그들은 자신들의 죄가 들통날 리 없다고 생각했다. 왕은 짐짓 모르는 체하고 물었다.

"왜 너희들끼리 돌아왔느냐?"

"대왕이시여, 아리온은 시켈리아에 머물고 싶다고 했습니다."

"왜 고향에 돌아오지 않겠다고 하더냐?"

"그곳에서 많은 돈을 벌고 싶었던 모양입니다. 자신이 받은 보물을 저희들에게 다 나눠주며 그곳에 남게 해달라고 부탁했습니다."

"그게 정말이냐?"

"예, 어찌 거짓을 고하겠습니까."

그들은 두려움에 떨면서도 천연덕스럽게 거짓말을 했다. 페리안드로스 왕은 다시 물었다.

"그것이 정말이냐? 너희들의 말에 거짓이 없다고 맹세할 수 있느냐?"

"맹세합니다. 아리온은 그곳에 머물다 자신이 내킬 때 돌아오겠다고 했습니다."

그들은 아무런 거리낌 없이 맹세했다. 페리안드로스 왕은 고개를 끄덕이며 말했다.

"들어오라고 해라."

다른 쪽 문이 열리더니 아리온이 나타났다. 그의 모습을 본 선원들과 선장은 모두 그 자리에 주저앉았다. 귀신이 나타난 줄 알았기 때문이다.

"아니, 저자가 어떻게……! 이건 있을 수 없는 일이야."

"우리들이 분명히 저자를 바다에 처넣었는데……."

깜짝 놀라 입을 막았지만 이미 늦은 뒤였다.

"네놈들이 감히 나를 능멸하다니. 돈에 눈이 멀어 내가 가장 아끼고 사랑하는 예술가를 죽이려 했다는 것이냐? 지금 이 자리에 살아 돌아온 이 사람은 포세이돈 신의 아들이다."

순간, 모든 선원들은 꿇어 엎드려 애걸했다.

"왕이시여, 제발 살려주십시오. 탐욕에 눈이 멀어 저희들이……."

"보기 싫다. 이자들을 모두 끌어내 꽁꽁 묶어 바다에 던져라! 자신들이 행동한 대로 갚아주어라."

선장과 선원들은 다음 날 모두 꽁꽁 묶인 채 큰 바다에 던져졌다. 어느 돌고래도 그들을 구해주지 않았다.

하지만 예술가라고 해서 이렇게 신의 보호를 받은 인간만 존재하는 것은 아니다. 감히 신에게 도전했다가 화를 입은 자도 있다. 대표적인 예가 마르시아스★다. 마르시아스는 인간도 아니고 괴물도 아닌 반인반수의 존재다. 그의 이야기는 아테나에게서 시작된다. 아테나

마르시아스는 두 개의 관을 나란히 연결해 서로 다른 음을 내는 피리를 발명한 음악가로 알려져 있어. 두 가지 소리를 내니 화음을 맞출 수 있어 더욱 풍성한 연주를 할 수 있었지. 바로 이 책에 나오듯, 아테나 여신이 발명했다가 버린 악기를 우연히 주워서 불게 되었다는 다른 이야기도 전해져. 어찌 되었든 마르시아스는 인간으로서 신의 영역에 도전한 멋진 능력자야. 이제 서서히 신들의 권위에 도전하고 시합을 청하는 인간들이 나온다는 상징으로 마르시아스를 받아들이면 돼.

는 숲속을 돌아다니다 길고 가느다란 사슴의 다리뼈를 하나 주웠다. 기다란 하얀 뼈를 보자 아테나는 몹시 마음에 들었다. 그녀는 그것을 가지고 다니며 어떻게 쓸지 궁리했다.

'이것으로 사람들이 쓸 만한 무엇인가를 만들 수 있지 않을까?'

한참 생각한 끝에 아테나는 사슴 뼈를 길고 가늘게 갈았다. 그리고 가운데 있는 골수를 파내자 대롱 하나가 만들어졌다. 음률에 맞춰 대롱에 적당하게 구멍을 뚫자 피리가 되었다. 바람구멍에 숨을 불어넣자 아름다운 선율이 흘러나왔다. 음계에 따라 구멍을 막거나 열어 음악을 연주할 수 있었다.

"좋다. 정말 마음에 드는구나. 이 새로운 악기에 플루트라고 이름을 붙이겠다."

플루트에 빠진 아테나는 끊임없이 연주했다. 어느 순간, 악기를 완벽하게 다룰 수 있게 되자 제우스가 그녀에게 한 곡 연주해달라고 청했다. 제우스와 올림포스의 신들 앞에서 아테나는 플루트를 연주했다. 다들 아름다운 음악 소리에 푹 빠져 있는데, 몇몇 여신이 플루트를 부느라 일그러진 그녀의 얼굴을 보며 웃는 것 아닌가.

"호호호, 저 얼굴을 좀 봐. 너무 웃겨."

"그러게 말이야."

연주에 심취해 있던 아테나는 여신들이 웃는 소리를 듣고는 화가 났다.

"왜 나를 보고 웃는 거지요? 악기를 연주하면 아름다운 음악을 감상해야지 왜 비웃는 거예요?"

여신들은 얼굴을 붉히며 말했다.

"미안해요. 악기를 연주하는 당신의 얼굴이 너무 우스꽝스러워서 참지 못하고 웃고 말았어요."

아테나는 화가 났다. 자기 얼굴이 어떻다고 여신들이 저렇게 웃는단 말인가. 맑은 샘물 앞에 가서 악기를 불던 아테나는 여신들이 왜 웃었는지 알 수 있었다. 악기에 바람을 불어넣느라 볼은 빵빵하게 부풀고 얼굴은 붉게 충혈됐다.

'아, 이런 모습이어서 다른 여신들이 웃었구나.'

화가 났다. 불 때마다 얼굴을 일그러뜨리며 못생기게 만드는 악기를 집어 던졌다.

"이따위 악기는 개나 줘버려. 어떤 놈이든 이 악기를 부는 자에겐 저주가 있을 거야."

숲속에 던져진 악기는 소리를 내며 저만치 굴러가더니 덤불 사이에 꽂혀버렸다. 그로부터 수십 년 세월이 흘렀다. 목동 마르시아스는 양 떼를 몰고 다니다 숲속에 물을 마시러 왔다. 맑고 잔잔한 샘물에서 물을 마시던 그는 바람 소리에 섞여 울리는 은은한 악기 소리를 들었다.

'이렇게 아름다운 소리가 어디서 나는 거지?'

마르시아스는 소리가 나는 곳을 찾아 두리번거렸다. 덤불 가운데 뭔가 하얀 게 꽂혀 있는 것이 보였다. 마르시아스는 덤불을 헤치고 들어가 플루트를 집어 들었다.

"앗, 이게 뭐지? 처음 보는 물건인데?"

이리저리 살피는데 숲속에 솔바람이 불자 플루트에서 아름다운 소리가 났다.

"아아, 이토록 아름다운 소리를 내는 악기가 있다니……."

마르시아스는 자신도 모르게 입에 대고 바람을 불어보았다. 처음 보는 악기이니 당연히 한 번도 연주해본 적이 없었다. 하지만 입을 대고 구멍을 막자 소리가 나는 것을 보니 악기를 연주하는 방법을 알 것 같았다. 양 떼가 풀을 뜯는 동안 마르시아스는 끊임없이 악기를 불며 연주 방법을 연구했다. 어떤 손가락을 움직일 때 아름다운 선율이 나오는지 이리저리 시도해본 결과, 마르시아스는 아름다운 곡을 연주하게 되었다. 연주 실력이 점점 좋아지자 주변 사람들이 모두 칭찬해주었다.

"이렇게 아름다운 악기 소리는 처음이야."

그는 신이 나서 더욱더 연주에 매진했다. 작은 칭찬을 받으면 더욱 큰 칭찬을 받고 싶어지는 법이다. 그렇게 열심히 연주하다 보니 어느 순간 마르시아스는 플루트 연주에 통달해버렸다. 마음에 있는 모든 소리를 플루트에 실어 표현할 수 있게 되었고, 그 소리에 혼을 심게 되었다. 그가 플루트를 불기 시작하면 하늘의 새들도 날아와 귀 기울였고, 온 산 속의 짐승들도 고개를 돌리고 음악 소리를 들었다. 온 우주가 그의 연주 속에서 하나가 되는 것만 같았다. 사람들은 마르시아스를 가만히 놔두지 않았다.

"자네의 연주 실력은 정말 대단해."

"신들보다 더 뛰어난 것 같아."

"자네의 연주를 듣고 있으면 아테나 여신도 자네보다 실력이 못할 거라는 생각이 든다네."

여기저기에서 신들보다 낫다는 이야기를 하자 처음에는 손사래를 치던 마르시아스에게 서서히 교만한 마음이 생겨나기 시작했다.

"내가 신들보다 연주를 잘한다고? 뭐 내 연주 실력 정도면 그렇게 말할 수도 있지."

조금씩 교만해지던 그는 마침내 사람들을 만나면 자기가 먼저 이야기를 꺼내기 시작했다.

"부끄럽지만 제 연주는 신들도 못 따라올 만한 솜씨입니다. 한 곡 연주해드리겠습니다."

그리고 그가 연주하면 사람들은 모두들 박수를 치며 외쳤다.

"정말이군. 어떤 신도 자네보다 아름답게 연주할 수 없을 걸세."

마르시아스의 교만함은 하늘을 찔렀다. 그러는 동안 마르시아스의 뛰어난 솜씨에 대한 소문이 퍼져 마침내 올림포스까지 전해졌다. 아테나는 화를 참을 수 없었다.

"뭐라고? 내가 버린 악기를 연주하면서 자신이 신보다 뛰어나다고 뻐긴다고? 가만히 놔둘 수 없군. 저자는 반드시 무서운 벌을 받게 될 거야."

아테나의 저주에도 마르시아스는 아랑곳없이 자신의 솜씨를 뽐내고 다녔다. 그러다가 급기야 음악의 신 아폴론에게 도전장을 내밀었다. 인간이 신의 경지를 넘보는 것을 신들은 결코 용서하지 않는 법이다. 아폴론은 화려하게 차려입은 뒤 아홉 명의 뮤즈를 데리고 마르시아스 앞에 나타났다. 마르시아스는 깜짝 놀라 벌떡 일어났다.

"네가 마르시아스냐?"

“예, 그렇습니다. 당신은 아폴론 신이시군요.”

“그렇다. 네가 나보다 연주 솜씨가 뛰어나다고 했다지? 어찌 감히 건방지게 자신의 솜씨를 신에게 견준단 말이냐?”

마르시아스는 거침없이 대답했다.

“겨뤄보지 않았으니 알 수 없지요.”

“그래? 그렇다면 네가 나와 겨뤄보겠다는 얘기냐?”

“허락해주시면 한번 겨뤄보고 싶습니다.”

마르시아스의 대답을 들은 아폴론이 말했다.

“좋아. 저기에 있는 아홉 명의 뮤즈가 누가 나은지 판단해줄 것이다. 진 자는 이긴 자에게 벌을 받는 것이 어떠냐?”

“좋습니다.”

마르시아스의 교만함은 하늘을 찌르고 있었다. 그는 인간으로서 감히 신에게 도전하는 실수를 저질렀다. 아폴론은 화가 났다.

“감히 미천한 인간 주제에 신을 상대로 어설픈 솜씨를 자랑하겠다는 것이냐? 나는 너를 반드시 이길 것이다. 이토록 건방지게 행동한 대가를 치르게 해주마. 자, 어디 먼저 네 솜씨를 보여봐라.”

마르시아스는 자신 있었다. 자신의 플루트 연주로 온 세상을 감동시킬 수 있다고 생각했다.

“그럼, 먼저 하겠습니다.”

마르시아스는 입에 플루트를 대고 청아한 소리를 내기 시작했다. 그의 연주는 참으로 아름답고 완벽했다. 아홉 명의 뮤즈는 마르시아스의 연주가 자신의 영혼을 매만지고 지나가는 것처럼 느껴졌다. 이들은 눈물을 뚝뚝 흘렸다. 이런 음악은 일찍이 들어본 적 없었다. 아폴론도 그의 연주에 경악하며 눈을 동그랗게 떴다. 완벽하고 조화로운 소리였다. 그 소리에 더할 수 있는 기술이나 예술성은 이 세상에 존재하지 않을 것만 같았다. 마르시아스의 플루트 연주가 끝나자 세상은 온통 환희와 경이로 가득 찼다. 새들이 날아오르고 짐승들이 환호했다. 뮤즈는 눈물을 닦으며 서로의 얼굴을 바라보았다.

"이렇게 아름다운 음악은 처음 들어."

"그러게 말이야. 저 사람은 인간이야 신이야?"

이제 아폴론 차례였다. 마르시아스는 말없이 아폴론에게 손을 내밀었다. 실력을 보여달라는 뜻이었다. 아폴론은 수금을 타며 노래를 부르기 시작했다. 제우스를 기리는 노래였다.

> 제우스, 신들의 왕이시여,
> 천둥과 번개를 내리치며 영광을 빛내시는 분!
> 하늘을 휘저으며 모든 자를 다스리는 자!
> 당신의 힘은 대지를 울리고 우주를 뒤흔들어
> 무한한 권능과 지혜로 모든 것을 통솔하지.
> 우리가 비틀거리며 나아가는 걸음마다
> 찬란한 별빛이 비추고 영광이 솟아오른다.
> 제우스, 그대의 위대한 위엄에 영원히 경배를 바칩니다.

그런데 마르시아스의 연주에 크게 놀란 터라 아폴론은 자신의 실력을 제대로 발휘하지 못했다. 최선을 다했지만 욕심이 앞서다 보니 마음을 비우고 연주한 마르시아스의 연주보다 뛰어나다고 말하기는 어려웠다.

"……."

아폴론의 수금 연주가 끝났지만 뮤즈는 아무런 말도 하지 않았다. 둘의 실력이 막상막하였기 때문이다. 감히 자신에게 도전한 인간을 압도적으로 꺾지 못한 아폴론은 자존심이 상했다.

"좋다. 정상적인 연주로는 우열을 따지기 힘들겠구나."

아폴론은 잔꾀를 부렸다.

"그렇다면 악기를 뒤집어서 거꾸로 연주해보자. 거꾸로 들고 연주해도 뛰어난지 어디 한번 겨뤄보자."

그러더니 아폴론은 갑자기 수금을 뒤집어 들고 연주하기 시작했다. 수금은 뒤집든 세우든 소리가 나는 것은 마찬가지다. 마치 기타를 왼쪽으로 치든 오른쪽으로 치든 손가락으로 줄을 제대로 튕기기만 하면 똑같은 곡조를 연주할 수 있는 것과 마찬가지다. 연주가 끝나자 아폴론은 말했다.

"너도 네 악기를 뒤집어서 불어봐라."

마르시아스는 당황했다. 플루트를 거꾸로 불어본 적은 없었기 때문이다. 플루트를 뒤집어 든 뒤 아무리 바람을 불어넣어도 아름다운 음악 소리는 나지 않고 바람 빠지는 소리만 났다.

"푸우! 푸우!"

"으하하하하! 뮤즈여, 답해라. 누가 이겼느냐?"

뮤즈는 아폴론이 비열한 수를 썼다고 생각했지만 어쩔 수 없었다. 어쨌거나 악기를 거꾸로 들고 연주하기로 약속했기 때문에 승부는 아폴론의 승리로 결론 났다.

"아폴론 신께서 이기셨습니다."

"그렇다면 내가 원하는 대로 이자를 응징하겠다."

마르시아스는 아폴론의 손에서 나오는 강력한 빛을 맞더니 전기가 통한 듯 발작을 일으키다 그대로 온몸의 수분이 증발하며 말라서 쓰러져 죽고 말았다. 아폴론은 그 자리를 떠났지만 뮤즈는 남아서 슬픔의 눈물을 흘렸다.

"이토록 뛰어난 예술가가 죽다니, 너무나 안타깝구나."

숲의 요정들도 몰려와 마르시아스를 위해 울며 강가에 그의 무덤을 만들어주었다. 뮤즈는 뒤늦게 제우스를 찾아갔다.

"제우스 신이시여, 비록 인간이지만 신에게 견줄 만한 능력이 있는 사람이 죽었습니다. 불쌍한 마르시아스를 용서해주세요."

"그래?"

"제발 그를 하데스에게 보내지 말아주세요. 단지 뛰어난 실력을 가졌을 뿐, 그가 무슨 죄를 지었나요?"

그리하여 제우스는 타르타로스로 가고 있던 마르시아스를 건져주었다. 제우스는 그의 영혼을 그대로 강물에 담갔다. 강물에서 쉬게 된 마르시아스의 영혼은 그때부터 물살이 리듬에 맞게 흘러갈 때마다 아름다운 소리를 냈다. 강가에 앉아 물소리를 들으면서 사람들은 영혼의 휴식을 취할 수 있다. 졸졸졸 물 흐르는 소리는 바로 마르시아스의 영혼이 우리에게 선물해주는 음악이다. 그러나 강물은 가끔 격하게 흐르기도 한다. 아폴론에게 속아 억울하게 죽은 마르시아스의 영혼이 분노할 때면 강물도 거친 소리를 내지만 대개는 아름다운 소리를 내며 세상의 아름다움과 평화로움을 찬양했다.

7

오르페우스의 절망

음악의 시대에 꽃을 피운 위대한 영웅이 있다. 그의 이름은 바로 오르페우스. 신과 영웅의 시대, 음악과 뮤즈와 카리테스가 사람들을 기쁘고 행복하게 해주는 분위기는 계속 이어졌다. 분위기가 무르익으면 꽃이 피고, 꽃이 피면 열매가 맺는 법이다. 음악의 영웅 중 위대한 이를 꼽으라면 수금 연주자 오르페우스를 빼놓을 수 없다. 그는 악기 연주자로서만 유명하지 않았다. 오르페우스라는 인간 자체가 위대한 영웅이자 가수이며, 음유시인이고 작사가이자 작곡가였다. 한마디로 오르페우스는 다양한 예술적인 재능을 한 몸에 지닌 자였다. 그 어떠한 위대한 장군이나 위대한 영웅도 오르페우스의 인기를 뛰어넘지 못했다. 그의 명성은 인간 세상뿐만 아니라 신들의 천상 세계와 하데스의 지하 세계까지 퍼져 나갈 정도였다.

그의 노래가 지닌 힘은 두려울 정도였다. 사람의 마음을 바꾸고, 심지어 괴물들까지도 꺾어버리는 놀라운 힘이 그의 노래에 깃들어 있었다. 그의 황홀한 목소리를 듣는 순간, 사람들은 무장해제되어버렸다. 그 앞에서는 모두가 고개를 숙였다. 사나운 짐승조차 그 앞에선 순한 양이 되었고, 하늘을 날던 새들조차 나무에 깃들어 그의 노래와 음악을 들었다. 그의 노래를 듣기 위해 심지어 나무들이 뿌리를 뽑고 돌아앉았다는 이야기도 있었다.

오르페우스는 트라키아에서 태어났다. 그의 재능은 그냥 생긴 게 아니라 그의 혈통에 아로새겨져 있었다. 어머니는 바로 뮤즈 가운데 하나인 칼리오페였다. 칼리오페가 트라키아의 왕인 오이아그로스와 사랑에 빠져 아기를 갖게 되었으니, 그가 바로 오르페우스다.

"축하합니다. 이보다 기쁜 일이 어디 있겠어요?"

칼리오페가 아기를 낳자 신들이 모두 축하해주었다. 아폴론이 수금을 선물할 지경이었으니 다른 뮤즈는 말할 것도 없었다. 여덟 명의 뮤즈가 이모가 되어 오르페우스에게 각종 재능을 선사했다. 이들 덕분에 그는 시와 노래, 악기에 능숙해졌다. 뿐만 아니라 다른 분야에 대해서도 그 누구보다 뛰어난 교육을 받았다. 음악에 깊이 빠진 오르페우스는 이 세상의 모든 영광과 권력과 부와 명예가 우습게 보였다. 그는 오직 음악을 연주하고 노래를 하고 세계를 모험하는 것에만 관심을 보였다. 그는 악기를 연주하고 노래하는 것보다 더 중요한 것은 없다고 생각했다.

그 누구도 오르페우스를 한곳에 오랫동안 붙잡아두지 못했다. 그는 자신의 노래를 들어줄 사람이 있는 곳이면 어디든 가서 아름다운 노래를 불렀다. 영웅의 서사를 들려주기도 했고, 신들의 이야기를 읊조리기도 했다. 그의 입에서 나오는 노래는 한 마디 한 마디 위대한 영웅들의 역사이자 찬란한 영광의 기록이었다.

오르페우스는 한마디로 자신의 노래와 자신의 음악에 모든 것을 바친 음악 영웅이었다. 한 곡 한 곡 연주하거나 노래를 부를 때마다 그는 최선을 다했다. 그의 실력은 갈수록 발전했다. 인간으로서 도달하기 힘든 신의 경지를 향해 나아가고 있었던 것이다. 그리고 어느 순간 그는 인간의 한계를 넘어 마침내 신의 경지에 닿았다. 노래하고 곡을 쓰고 연주할 때면 오르페우스는 무아지경에 빠졌다. 예술가로서 완벽한 존재가 된 것이다.

예술적 성취감 외에 그에게는 또 다른 행복이 더해졌으니, 그의 곁에는 더없이 아름다운 여인이 있었다. 그녀의 이름은 에우리디케. 에우리디케는 오르페우스의 연주와 노래에 매료된 청중 중 하나였다. 얼굴이 발갛게 상기된 채 눈을 반짝이며 자신의 연주를 듣는 에우리디케를 보는 순간, 오르페우스는 평생 경험해보지 못한 최고의 기쁨을 맛보았다.

'저토록 아름다운 여인이 내 음악을 이토록 귀 기울여 들어주다니…….'

공연이 끝난 뒤, 그는 한눈에 반한 에우리디케에게 사랑을 고백했다.

"아름다운 여인이여, 당신같이 내 마음을 사로잡은 여인은 일찍이 없었습니다. 부디 나의 사랑을 받아주십시오."

에우리디케 역시 신의 경지에 다다른 예술가 오르페우스에게 깊이 빠져들었다. 두 사람은 그 누구도 따라갈 수 없을 정도로 아름다운 한 쌍의 원앙새가 되었다. 물론 그들의 뒤에서 아프로디테의 아들 에로스가 화살을 쏘아준 덕분이었다.

사랑을 알게 되자 오르페우스의 예술은 한 단계 더 발전했다. 삶의 기쁨과 생명의 아름다움이 배어들자 그가 노래를 부르기만 하면 동물들은 짝짓기를 했고, 사람들은 처음 보는 사람과도 사랑에 빠졌다. 그의 음악과 노래는 절정에 달해 그 누구라도 한 번만 들으면 그의 열렬한 추종자가 되고 말았다. 오르페우스와 에우리디케는 서로 사랑하며 아름다운 자연 안에서 행복을 추구했다. 그들은 시간이 날 때마다 올림포스산 부근의 숲속에서 어울려 춤추고 노래했다. 물론 이때 악기로 반주해주는 것은 남편인 오르페우스였다.

그러나 신들은 인간들이 이렇게 완벽한 사랑을 나누며 행복해하는 것을 결코 가만히 두고 보지 않는 법이다. 너무나 행복하게 지내는 이들 부부를 운명의 여신 모이라이가 보게 되었다.

"이 정도면 됐어. 저렇게 달콤한 행복을 맛보지 못하고 죽는 사람도 많잖아."

그 말을 들은 운명의 실을 짜는 여신 클로토는 에우리디케의 생명 실을 짜다가 멈춰버렸다. 실의 길이를 정하는 라케시스가 천을 끊으니 에우리디케의 죽음이 정해졌다. 그 순간, 숲에서 춤을 추며 놀던 에우리디케는 갑자기 풀숲에서 기어 나온 독사에게 발뒤꿈치를 물리고 말았다.

"아야!"

에우리디케는 그 자리에서 쓰러졌다. 노래를 부르던 오르페우스가 급히 달려왔다.

"에우리디케, 어찌 된 일이오?"

"발뒤꿈치가 따끔해요."

오르페우스가 살펴보는데 에우리디케의 발뒤꿈치에 작은 구멍이 두 개 나 있었다. 뱀의 독니가 뚫고 들어간 자리였다. 살이 금세 부어오르고 이내 다리가 마비되더니 에우리디케는 정신을 잃었다. 오르페우스는 어쩔 줄 몰라 소리쳤다.

"살려주세요! 도와주세요!"

그들은 둘만의 시간을 보내기 위해 너무나 멀리, 너무나 깊은 숲까지 들어온 터였다. 오르페우스는 온몸이 마비된 채 창백해진 에우리디케를 업고 있는 힘껏 달렸지만 이미 늦은 뒤였다. 에우리디케는 정신을 잃고 축 늘어지더니 점점 무거워졌다. 마침내 오르페우스는 지쳐 쓰러져 땅바닥에 나뒹굴었다. 그러는 사이, 그녀의 몸에는 온통 독이 퍼졌고, 결국 숨을 거뒀다. 행복이란 이렇게 쉽게 무너질 수도 있는 것이다. 신들은 이처럼 잔인하게 인간들의 행복을 짓밟는 것을 즐겼다.

"아아아아!"

오르페우스는 하늘을 향해 절규했다. 아름다운 노래만 흘러나오던 그의 입에서 이토록 거친 소리가 나오는 것은 처음이었다. 가슴 찢어질 듯한 슬픔에 오르페우스는 견딜 수 없었다.

한편 자신의 몸에서 빠져나온 에우리디케의 영혼은 불쌍한 남편을 내려다보다 그대로 타르타로스로 가버리고 말았다. 죽은 자들이 한번 들어가면 영원히 돌아오지 못하는 바로 그곳으로 떠난 것이다.

오르페우스는 다시 한번 절규했다.

"신이시여, 제가 무엇을 잘못했단 말입니까? 우리 두 사람의 사랑이 그토록 못마땅했단 말입니까?"

종달새가 목소리를 빼앗긴 것만 같았다. 오르페우스는 그때부터 더 이상 노래하지 않았다. 수금은 더 이상 울리지 않았다. 그는 자신이 그동안 사람들을 위해 행복과 사랑을 노래했다는 사실에 더욱 절규했다.

"아아, 이따위 수금이 무슨 소용이란 말이냐?"

오르페우스는 수금의 줄을 사납게 뜯어내고는 그대로 내던져버렸다. 아내의 장례식이 끝난 지 아흐레가 지났어도 오르페우스의 슬픔은 전혀 누그러들지 않았다. 그는 몸만 지상에 있을 뿐 영혼은 이미 타르타로스에 가 있는 것만 같았다. 이 끔찍한 고통에서 헤어 나올 자신이 없었다.

"아아, 신이시여, 어찌하여 제게 이토록 가혹한 운명을 주셨습니까?"

그러다 열흘이 지나자 갑자기 생각이 바뀌었다.

'가만히 있어봐. 에우리디케는 아무 죄도 없이 타르타로스로 끌려갔어. 그녀를 구해 와야겠다. 가서 타르타로스의 왕인 하데스에게 그녀를 돌려달라고 이야기하면 되지 않을까?'

그는 직접 무시무시한 타르타로스로 가겠다는 엉뚱한 생각을 했다.★ 인간인 이상 누구도 살아서는 갈 수 없는 곳이 타르타로스 아니던가. 게다가 그는 아름다운 노래만 부를 줄 알았지 힘이 세거나 엄청난 능력을 지닌 것도 아니었다. 그가 가지고 있는 것이라고는 수금뿐이었다. 그는 오로지 노래를 만들고 부르는 가수일 뿐이었다. 그러나 에우리디케에 대한 뜨거운 사랑은 나약한 그를 강하게 만들었다. 게다가 그는 너무나 억울했다. 피어보지도 못하고 죽은 아내를 위해 그는 자신의 목숨을 바칠 각오가 되어 있었다.

'좋아. 나는 타르타로스에 가서 아내를 찾아오겠어. 그녀를 되찾을 수 없다면 살아도 산 게 아니야.'

오르페우스는 내던졌던 수금을 다시 집어 들고 단단히 줄을 맸다.

'미안하다, 수금아. 너는 아무 죄가 없거늘 내가 너를 이토록 망가뜨렸구나. 함께 가자. 가서 죽든지 살든지 우리 운명을 함께하자.'

오르페우스는 수금을 안고 기나긴 여행을 떠났다. 그는 가는 곳마다 사람들에게 물었다.

"타르타로스로 가는 길을 아십니까?"

"아니, 당신은 오르페우스 아닙니까? 어찌하여 이렇게 얼굴이 상했습니까?"

"얼마 전 사랑하는 아내를 잃었습니다. 타르타로스에 가서 나의 아내를 찾아오려 합니다. 제발 그곳으로 가는 길을 알려주십시오."

사실 에우리디케가 죽음을 맞은 것은 꿀벌치기 아리스타이오스 때문이야. 자신에게 반해 쫓아오는 아리스타이오스를 피해 달아나다가 독사에게 물린 거지. 그런 일이 있고 나서 그가 기르던 벌떼가 모조리 죽어버렸어. 당황한 그가 신들에게 해결 방법을 묻자 에우리디케의 죽음에 노한 신들에게 제물을 바치고 오르페우스에게도 선물을 보내라고 했어. 신의 조언대로 하자 아흐레 뒤 제물로 바친 소의 몸에 꿀벌들이 무리 지어 있는 것을 볼 수 있었어.

"미안하지만, 나는 모릅니다. 저 산속에 있는 위대한 철학자에게 물어보는 게 어떨까요?"

그는 자신의 비탄을 담은 노래를 부르고 다니며 이 사람 저 사람에게 타르타로스로 가는 길을 물었다. 그러면서 조금씩 타르타로스를 향해 다가갔다. 길을 헤맬 때마다 지혜롭다고 이름난 자들에게 물었지만, 그들은 타르타로스로 가는 길을 좀처럼 말해주려 하지 않았다.

"오르페우스, 포기하세요. 당신이 가려는 곳은 저승입니다. 그곳은 살아 있는 자가 갈 수 없는 곳입니다."

"그래도 가야만 합니다."

"그곳은 죽은 자들도 견디기 힘들어하는 곳이에요. 그곳에 있는 자들은 태양을 한 번만 보는 게 소원이라고 할 정도라고요."

"상관없습니다. 그곳에 가서 반드시 내 아내를 구해 오겠습니다."

또 다른 이가 말했다.

"하데스는 자신의 세상에 들어온 자가 그 누구든 절대로 되돌려보낸 적이 없습니다. 게다가 그곳은 무시무시한 괴물 개 케르베로스*가 지키고 있지요. 그런데도 그곳에 가겠단 말입니까? 당신의 아내를 만나기도 전에 케르베로스에게 물려 죽을 겁니다."

그러자 옆에 있던 또 다른 현자가 말했다.

"오르페우스, 당신이 얼마나 고통스러울지 충분히 이해합니다. 하지만 이 세상을 한번 둘러보세요. 얼마나 많은 사람들이 아내와 남편과 자식을 잃고 통곡하고 있습니까. 당신이라고 해서 예외가 될 순 없습니다. 운명을 받아들이세요. 이것은 헤어지는 고통을 참고 견디면서 당신의 음악을 더욱더 숭고하고 위대하게 만들라는 신의 뜻일 수도 있습니다."

"하지만 내 아내가 너무 불쌍하단 말입니다. 으흑흑흑!"

오르페우스는 원통해하며 눈물을 흘렸다. 사람들은 그런 오르페우스를 위로해주었다.

"여보게, 오르페우스. 인생이란 이렇게 쓰고 괴로운 것이라네. 그 어떤 불행도 없이 오직 행복하게만 살겠다는 오만한 생각은 버리게. 부디 마음을 내려놓게나."

그러나 오르페우스는 포기하지 않았다. 이렇듯 고집이 있었기에 그토록 놀라운 음악적 경지를 이룰 수 있었던 것인지도 모른다.

"죽든지 살든지 상관없으니 제발, 제발 타르타로스로 가는 길을 알려주십시오."

그의 성화에 못 이겨 사람들은 자신이 들은 이야기나 전설 속 지명들을 말해주기 시작했다. 묻고 또 물어서 그는 마침내 펠로폰네소스 반도의 타이게투스산 옆에 있는 깊은 협곡으로 내려가면 타르타로스로 갈 수 있다는 사실을 알아냈다.

"아, 감사합니다."

케르베로스는 저승의 문을 지키는 괴물 개야. 살아 있는 자가 들어오지 못하게 막고, 지하 세계에 들어온 영혼이 빠져나가지 못하게 감시하는 역할을 했어. 케르베로스는 괴물계의 정통파라고 할 수 있어. 티폰과 에키드나 사이에서 태어난 케르베로스는 네메아의 사자, 사자와 염소와 뱀의 모습을 모두 가진 전설의 괴물 키마이라, 게리오네우스의 맹견 오르트로스, 레르나의 습지에 사는 물뱀 히드라와 형제지간이지. 개는 오래전 인간에게 길들여져 문화 깊숙이 들어온 존재로, 동서양을 막론하고 저승길에 개가 동행한다는 이야기를 쉽게 찾아볼 수 있어. 그만큼 개는 인간의 탄생부터 죽음에 이르기까지 깊이 연관되어 있다고 할 수 있어.

한없이 긴 방랑을 떠나 쓰러지기 직전이 되었을 때 오르페우스는 저승 입구에 도달했다. 빛 한 점 들지 않는 깊고 깊은 협곡에 시커먼 어둠이 자리 잡고 있었다. 오르페우스는 수금 하나를 들고 그곳을 향해 걸어 내려가기 시작했다. 그 모습을 보고 저 멀리에서 양치기 한 사람이 달려왔다.

"여보게, 젊은이. 어디 가는 건가?"

"말리지 마십시오. 나는 타르타로스로 갈 겁니다."

"이 사람아, 그곳으로는 아무도 발걸음을 하지 않는다네. 짐승들조차 가지 않는 곳이야. 어서 빨리 돌아오게. 그곳에 가면 다시는 돌아올 수 없어. 젊은이, 정신 차리게."

양치기가 계속 이야기했지만 소용없었다. 오르페우스는 이미 모든 것을 내려놓은 터였다. 그는 깊은 협곡으로 계속 걸어 들어갔다. 기온이 점점 떨어지고 어둠은 갈수록 깊어졌다. 여느 사람 같으면 두려워서 금세 바깥으로 도망쳤을 테지만, 그는 사랑하는 에우리디케를 만나겠다는 생각 하나로 계속 발걸음을 옮겼다. 그의 마음은 오로지 에우리디케를 향한 사랑으로 가득 차 있었다. 그는 흔들림 없이 시커먼 구멍으로 걸어 들어갔다. 드디어 저승 문 앞에 다다랐다. 그 문만 봐도 누구나 기절하거나 그 자리에서 뒤도 돌아보지 않고 도망갈 것이다. 깊은 어둠이 내리깔려 앞이 하나도 보이지 않는 어둠 속에서 오르페우스는 주저하지 않고 저승 문을 향해 성큼 발걸음을 내디뎠다.

8

하데스 앞에 서다

저승 문에 닿은 오르페우스의 모습을 지켜보고 있는 이들이 있었다. 바로 올림포스산에 있는 신들이었다.

"인간인 주제에 저승에서 죽은 아내를 되찾아 가겠다는 오르페우스의 생각은 말도 안 된다. 당장 중지시켜라."

제우스의 지엄한 명령이 떨어졌다. 사람은 살다 보면 누구나 사랑하는 사람을 죽음으로 잃는다. 그것은 우주의 법칙이다. 그 법칙에 오르페우스가 도전한 것이다. 그대로 두고 볼 순 없었다. 제우스의 지엄한 명령이 떨어지자 다른 신들도 고개를 끄덕였다. 헤르메스가 나설 차례였다. 헤르메스는 재빨리 날개 달린 신발을 신고 날개 달린 모자를 쓴 채

타르타로스로 내려갔다. 오르페우스는 수금을 들고 계속 어둠 속으로 들어가고 있었다. 헤르메스는 인간으로 변신해 그의 앞에 나섰다.

"여보시오, 잠깐 기다리시오!"

오르페우스는 깜짝 놀랐다. 사람이 나타날 리 없는 곳이었기 때문이다.

"당신은 대체 누구십니까?"

두 마리 뱀이 뒤엉켜 있는 지팡이를 들고 있는 잘생긴 청년이 보였다. 남자의 차림새를 보는 순간, 오르페우스는 그가 인간으로 변한 헤르메스라는 것을 알아챘다. 오르페우스는 예를 갖췄다.

"헤르메스 신께서 어찌하여 이곳까지 오셨습니까?"

"나를 바로 알아봤구나. 이곳에 너의 죽은 아내를 찾아 내려온 것이 맞느냐?"

"예, 맞습니다."

"이곳이 어떤 곳인지 알고 온 것이냐?"

"저승이지요. 저는 저승의 왕 하데스를 만나 제 아내를 돌려달라고 간곡히 부탁할 생각입니다."

"어허, 이렇게 어리석은 자가 있나? 너는 불가능한 일에 도전하려는 것이냐. 이곳 타르타로스의 왕은 그 누구의 말도 듣지 않는다."

"하지만 저는 너무도 고통스럽습니다. 그녀 없이는 도저히 살 수 없습니다."

"그는 네 고통 따위엔 관심도 없다."

"제게 불가능한 일이라 말씀하셨지만, 저승에서 돌아온 자가 없는 것도 아닙니다. 봄이면 아도니스를 보내주지 않습니까?"

"그것은 예외일 뿐이야. 아프로디테 신이 원했고, 그래야 많은 사람들이 봄날의 햇살을 즐길 수 있기 때문에 가능했던 것이다. 너는 신이 아니다. 그리고 아도니스 역시 가을이 되면 이곳으로 돌아와야만 한다."

"하데스의 아내 페르세포네 역시 이곳에서 지상으로 나가기도 하지 않습니까?"

"페르세포네는 죽은 게 아니다. 그리고 그녀 역시 제우스 신의 뜻에 따라 어머니에게 돌아가는, 죽지 않는 신일 뿐이다. 그들과 네 아내를 같은 선상에 놓고 이야기할 순 없다. 헛된 희망을 버려라. 네 자리로 빨리 돌아가라."

그 이야기를 듣자 오르페우스는 더욱 화가 치밀었다. 신들끼리는 마음대로 하면서 인간에게는 절대 허용해주지 않는 것이 불공평하다는 생각도 들었다.

"나는 수없이 많은 영웅들과 모험을 했습니다. 그 영웅들조차 신들의 노리개나 마찬가지더군요. 나는 더 이상 신들의 노리개가 되고 싶지 않습니다. 나를 하데스 앞에 데려다주십시오."

무슨 말을 해도 통하지 않았다. 감성적인 예술인인 오르페우스를 이성적이고 논리적으로 설득한다는 것은 애초에 불가능했다. 헤르메스는 어쩔 수 없다는 생각이 들었다.

'애써봤자 소용없겠구나. 자신이 직접 죽음과 삶의 경계를 느끼고 경험하게 만들 수밖에 없겠다.'

헤르메스는 생각을 정리하고 말했다.

"좋다. 나를 따라와라."

헤르메스는 작전을 바꿨다. 어리석은 자가 고집을 부릴 때는 직접 경험해보게 하는 것이 최고의 해결 방법이다. 그들은 동굴 속으로 더욱더 깊이 들어갔다. 오르페우스는 신이 났다. 혼자서라도 갈 각오였는데 헤르메스가 도와주려고 나선 게 분명하다고 생각했기 때문이다. 그들은 끊임없이 길을 따라 내려갔다. 얼마나 깊이 내려갔는지 알 수 없었다. 한참 걸어가자 땅속 깊은 곳에서 습기가 올라오는 게 느껴졌다. 비릿한 물 냄새를 맡으며 오르페우스는 지형의 변화가 있을 것으로 예상했다. 눈앞에 지하 세계에 흐르는 거대한 강이 나타났다. 말로만 듣던 스틱스 강이었다.

"이 강은 저승을 감싸고 흐르는 강이다. 다시 한번 묻겠다. 이 강을 건너는 순간, 너는 돌아갈 수 없을 것이다. 그런데도 정말 건너겠느냐?"

"제 결심에는 변함이 없습니다."

그때 저만치에서 배 한 척이 삐걱삐걱 상앗대를 저으며 다가오는 게 보였다. 죽은 자들을 나르는 배였다. 그 배의 뱃사공은 카론.* 그는 오르페우스와 헤르메스가 죽은 존재인 줄 알고 다가왔다. 그러나 가까워지자 오르페우스의 몸에서 열이 나는 것을 보고는 무시무시한 목소리로 꾸짖었다.

"네놈은 살아 있는 인간이 아니냐?"

"맞습니다. 제발 이 강을 건너게 해주십시오."

"산 자는 이 강을 건널 수 없다. 나는 이 배에 살아 있는 인간을 태워본 적이 없다."

그러자 헤르메스가 나섰다.

"여보게, 카론. 이번만 예외로 삼아주게. 이 사람을 배에 태워 강을 건너게 해주게나."

"헤르메스, 저승의 법을 누구보다 잘 알면서 그대는 어째서 이곳까지 어리석은 인간을 이끌고 왔단 말인가? 지금 제정신인가?"

그러자 오르페우스가 나섰다.

"제가 고집을 피웠습니다. 제 아내를 만나기 위해 저는 이 강을 꼭 건너가야만 합니다. 죽은 자만이 갈 수 있다면 지금 이 강물에 빠져 죽겠습니다."

카론이 말했다.

"이 강은 사람이 빠져 죽으라고 있는 강이 아니다. 저승과 이승의 경계야."

"그러니 이 강을 건너서 하데스 신을 만나게 해주십시오. 간곡히 부탁드립니다."

"어리석은 소리 하지 마라. 내 임무는 죽은 자만 이 강을 건너게 하는 거야. 그런데 산 자를 건너게 해주면 우리 왕께서 나를 가만히 놔둘 것 같으냐?"

"제가 가서 잘 설명하겠습니다. 제발 부탁드립니다."

오르페우스는 무릎을 꿇고 애걸복걸했다.

카론은 타르타로스의 스틱스강을 오가는 뱃사공이야. 그의 소가죽 배에는 바닥이 없다고 해. 육신이 있는 자들은 그 배에 탈 수 없다는 뜻이지. 고집이 세고 엄격한 카론은 절대 공짜로 배를 태워주지 않았어. 그래서 스틱스강 주변에는 뱃삯을 낼 돈이 없어서 강을 건너지 못하는 영혼들이 늘 서성대고 있다고 해. 그리스 사람들은 죽은 사람의 입에 동전 하나를 물려주는데, 바로 저승 가는 노잣돈이야. 죽은 사람들에게 노잣돈이 필요하다는 건 죽음에 대한 동서양의 공통된 생각인 것 같아.

헤르메스는 카론이 막으면 포기할 줄 알고 오르페우스를 이곳까지 데리고 온 것이었다.

"당장 돌아가라. 이 상앗대로 두들겨 맞기 전에."

카론은 상앗대를 허공에 붕붕 휘두르며 무섭게 협박했다.

"너는 언젠가 이곳에 다시 오게 돼 있다. 조르지 않아도 오게 될 것이니 얼른 돌아가서 그때까지 열심히 살도록 해라."

헤르메스는 옆에서 빙긋이 웃었다. 카론이 휘두르는 상앗대는 스치기만 해도 두개골이 부서질 것처럼 위협적이었기 때문이다.

'이 정도면 저자도 돌아가고 싶다는 생각이 들겠지?'

그러나 그는 오르페우스를 잘못 본 거였다. 오르페우스는 눈도 깜짝하지 않고 말했다.

"좋습니다. 그렇다면 제 무기를 쓸 수밖에 없겠군요."

"무기라고? 하하하하, 한낱 인간 주제에 무슨 무기를 쓴단 말이냐?"

그 순간, 오르페우스는 수금을 들더니 음을 맞췄다. 카론은 그가 무슨 일을 하려는지 짐작도 할 수 없다는 얼굴로 바라보았다.

"대체 무엇을 하려는 것이냐?"

헤르메스는 살짝 당황했다. 오르페우스가 이런 방법까지 쓸 줄은 몰랐기 때문이다.

"나는 평생 이 악기를 연주했습니다. 한번 들어보시겠습니까?"

오르페우스는 기다란 손가락으로 자기 몸의 일부 같은 수금을 연주하며 노래를 부르기 시작했다. 강물에 반사되어 사방에 울려 퍼지는 아름다운 음악 소리를 들으며 카론은 당황했다. 평생 들어본 적 없는 아름다운 선율이었기 때문이다.

“이게 뭐 하는 짓이냐?”

하지만 카론의 목소리는 이미 기가 꺾여 있었다. 오르페우스의 감미로운 음악에 마음이 녹기 시작한 것이다. 그의 노래를 계속 듣고 싶다는 생각이 머릿속을 가득 채웠다. 오르페우스는 노래를 불렀다. 한 송이 수선화에 관한 노래였다.

수선화 꽃송이를 누가 꺾는가?
아름다운 향기, 아름다운 자태를 볼 수 없게 하는 그 손가락.
신이시여, 그 손가락에 힘을 주어 다시 살려주소서.
아름다운 수선화를 돌려주소서.

그 자리에서 만들어낸 노래를 부르며 수금을 연주하는 오르페우스의 모습에 카론은 마음이 흔들렸다. 아름다운 음악에 마법처럼 설득되기 시작했다.

‘아, 정말 아름답구나. 이토록 아름다운 음악은 들어본 적 없어.’

카론은 지그시 눈을 감고 음악에 빠져들었다. 그 순간, 배가 휘청거리는 게 느껴졌다. 눈을 떠보니 어느새 오르페우스가 배에 올라타 있었다. 하지만 카론은 오르페우스를 쫓아낼 수 없었다. 음악을 듣자 온몸이 노곤하고 축 처져서 아무것도 할 수 없었다. 곧 노래의 곡조가 바뀌었다.

카론이시여, 제 마음을 알아주세요.

제 사랑은 저 너머에 있답니다.

제발 저를 보내려 하지 마세요.

제 수금 소리에 귀 기울여보세요.

카론이시여, 제 손을 잡아주세요.

제 사랑은 저 어둠 속에 있답니다.

제발 저를 배에 태워주세요.

제 노래에 마음을 열어주세요.

카론이시여, 제 눈을 바라봐주세요.

제 사랑은 고통 속에 있답니다.

저를 도와주세요.

제 수금에 힘을 실어주세요.

노래를 마친 오르페우스는 간절하게 애원했다.

"위대한 카론 님, 이 어리석은 자의 소원을 들어줄 수 있는 분은 그대뿐이십니다. 당신의 상앗대를 움직여 저를 사랑하는 아내 에우리디케에게 갈 수 있게 해주세요. 당신은 하실 수 있잖아요. 당신은 하데스의 위대한 뱃사공 아닙니까?"

그 말을 듣자 카론은 자신도 모르게 상앗대를 커다란 바윗돌 사이로 밀어넣어 배를 강에 띄웠다. 헤르메스도 덩달아 배에 올라 강물 위를 조용히 미끄러져 갔다. 헤르메스는 당황했다.

'내 계획은 이게 아닌데…… 어쩌면 좋지?'

수금이 계속 연주되는 가운데 카론은 신들린 사람처럼 열심히 상앗대를 밀어 배를 앞으로 나아가게 했다. 배는 한참 동안 미끄러지더니 마침내 저승 문 앞에 도달했다.

쿵!

강기슭에 닿는 가벼운 충격과 함께 오르페우스는 배에서 내렸다. 산 자로서 저승에 다다른 것이다. 저승 문은 활짝 열려 있었다. 그 앞을 무서운 괴물 개 케르베로스가 지키고 있었다. 오르페우스가 내뿜는 열기에 살아 있는 사람임을 알아챈 케르베로스는 눈이 휘둥그레지더니 마구 짖어대기 시작했다.

"컹컹! 으르렁 컹컹!"

세 개의 머리가 한꺼번에 짖어대니 정신을 차릴 수 없었다. 꼬리의 용도 쉭쉭거리며 독을 뿜었다.

오르페우스는 이미 무시무시한 카론을 설득해 이곳까지 온 터였다. 더 이상 겁날 게 없었다. 그는 곧바로 수금을 연주하기 시작했다. 수금 소리가 울려 퍼지자 케르베로스 역시 어안이 벙벙한 표정이 되었다. 사납게 짖던 입을 금세 다물고, 위협적인 소리를 내던 용도 잠들어버렸다. 케르베로스는 순한 개처럼 땅에 엎드려 눈을 감았다. 오르페우스는 계속 수금을 연주하면서 저승 문을 넘었다.

오르페우스는 헤르메스의 안내를 받아 마침내 땅속 세계의 위대한 지배자 하데스 앞에 서게 되었다. 높은 권좌에 앉은 채 하데스는 잔뜩 찌푸린 얼굴로 오르페우스를 내려다봤다. 인간이 왜 이곳 저승까지 왔는지 알아내고야 말겠다는 듯.

"인간이 이곳까지 오다니, 무슨 일이냐?"

그의 옆에는 차갑지만 더없이 아름다운 모습의 페르세포네가 앉아 있었다. 그녀는 웬만하면 저승에 찾아온 영혼들 앞에 모습을 드러내지 않았다. 저승은 차갑고 냉혹한 곳이기에 부드러운 여인의 모습을 보면 그들의 슬픔이 더 자극받을 수 있기 때문이었다. 하지만 이날은 특별했다. 그 옆에는 세 명의 판관 미노스, 라다만티스, 아이아코스가 자리 잡고 있었다. 살아 있는 사람이 죽어서 이곳에 오면 세 판관들은 그가 살았을 때의 행적을 모두 살펴보고 그에 맞는 형량을 선고했다. 죽은 영혼들은 그에 따라 응분의 대가를 치러야 했다.

오르페우스가 저승 세계에 들어온 것은 하데스에게 비상사태였다. 그가 생생하게 살아 있는 채였기 때문이다. 육체적으로 인간의 한계를 뛰어넘은 영웅이 아닌 평범한 사람이 땅속 깊은 곳 죽음의 세계에 겁 없이 들어왔다는 것은 누구나 놀랄 만한 일이었다. 침묵이 이어지는 가운데, 헤르메스가 입을 열었다.

"제우스 신의 명에 의해 오르페우스를 이곳까지 데려왔습니다. 일이 이렇게 된 것을 제우스 신께서도 알고 있습니다."

그 말을 듣자 판관들은 모두 벌떡 일어섰다. 하데스도 머리끝까지 화가 치밀어 올랐다.

"이곳은 나의 영역이다. 제우스가 어찌 감히 감 놔라 배 놔라 한단 말이냐?"

사방이 쩌렁쩌렁 울렸다. 하지만 오르페우스는 두려워하지 않았다. 이미 카론과 케르베로스를 굴복시킨 경험이 있는 터였다. 설명하려 해봤자 시간 낭비라고 생각한 그는 곧바로 수금을 꺼내 들었다. 그러곤 곧바로 노래를 시작했다. 아름다운 선율이 울려 퍼졌다. 하데스를 찬양하면서 한편으로는 자신의 사랑을 호소하는 내용이었다.

어둠의 왕 하데스시여! 영광스럽고 강력한 신이시여!
깊은 어둠 속 희미한 불꽃으로 왕국을 밝히시고,
죽음의 강을 건너 세계 저편으로 인도해주시지요.
영혼들의 고통을 달래주는 당신의 맹세,
당신이 지배하는 곳에는 죽음이 꽃을 피웁니다.
타락하고 절망한 영혼에 위안과 평화를 안겨주는 신
하데스여, 영원히 그대의 영광을 노래하리라!

음악 소리가 울려 퍼지자 판관들은 스르륵 자리에 앉았다. 하데스조차 서서히 온몸의 긴장을 풀며 한쪽 팔걸이에 턱을 괴고 몸을 기댔다. 페르세포네 역시 하데스의 어깨에 머리를 기대고 눈을 감은 채 아름다운 선율을 즐기기 시작했다. 이들이 오르페우스의 음악에 흠뻑 빠져든 것은 당연했다. 저승은 눈을 씻고 찾아봐도 음악과 빛과 낭만과 예술을 찾을 수 없는 어두운 곳이다. 이곳을 채우고 있는 것은 죽은 자들의 절규, 억울하게 죽은 자들의 저주, 그리고 비명과 고통의 신음 소리뿐이다. 그들은 각자 살았을 때의 아름다운 추억과 고마운 일들, 기쁜 일들을 떠올리며 흐물흐물 무너져 내렸다. 그러면서 자신들이 떠나온 곳이 얼마나 소중한 곳인지 온몸으로 사무치게 깨달았다. 새들이 지저귀는 소리, 시냇물 흐르는 소리, 그리고 수금을 연주하고 플루트를 불던 그

밝고 환한 세상이 그리워졌다.

"흑흑, 옛날이 그리워."

페르세포네는 행복했던 그 시절을 떠올리며 눈물을 흘렸다. 판관들도 마찬가지였다. 모든 죽은 자들이 몰려들어 오르페우스의 음악에 귀를 기울이며 좋았던 시절을 떠올렸다. 판관 중 하나인 미노스는 살아 있을 때 크레타를 다스리던 왕이었다. 살아서는 왕으로서 모든 권력과 모든 힘을 가지고 있었고 죽어서는 이렇게 판관이 되었지만 기쁘고 즐거운 일이 하나도 없었다. 그런데 오르페우스가 연주하는 아름다운 노래를 들으며 크게 감동받았다. 또 한 명의 판관 아이아코스도 눈물을 흘렸다. 그는 아이기나의 왕이었다. 그 역시 살아 있을 때 인간으로서 놀라운 영광을 맛본 자였다. 이것은 라다만티스도 마찬가지였다. 보이오티아의 왕이었던 그는 법을 만들어 사람들을 엄하게 다스렸다. 오르페우스의 음악 소리는 그의 건조하고 딱딱한 가슴에도 촉촉하게 스며들었다. 그들은 엄격한 재판관이었지만 모두 분명하게 알 수 있었다.

"아, 노예가 되더라도…… 아, 아니다. 개똥이 되더라도 이승에서 굴러다니며 사는 것이 훨씬 더 행복한 것이로구나."

이러한 바람은 지하 세계에 가득 퍼져 나갔다. 모두들 살아 있었을 때의 삶을 그리워하게 된 것이다.

이 모든 것은 오르페우스의 치밀한 계획이었다. 그는 삶의 아름다움, 생명의 소중함을 열심히 노래함으로써 그들의 공감을 얻으려 했다. 그들의 공감을 얻은 뒤에야 자신의 목적을 달성할 수 있을 것이라 생각했기 때문이다. 그의 노래는 계속 이어졌다. 그는 사랑하는 에우리디케를 잃어버린 뒤 얼마나 고통스러웠는지 노래했다. 노래는 절정으로 치달았다. 여기저기에서 흐느끼는 소리가 들리기 시작했다. 그의 노래를 들은 영혼들의 북받치는 감정과 떨리는 마음들이 공명을 일으켰다. 영혼들이 절규하던 저승 세계는 어느새 조용해졌다. 모두들 오르페우스에게 주목했다. 이곳에 와서 계속되는 목마름에 시달리던 탄탈로스 역시 넋을 잃고 오르페우스의 노랫소리를 들었다. 간사한 시시포스는 신들을 속인 대가로 계속 굴러떨어지는 바위를 산 위로 밀어 올리는 벌을 받고 있었지만, 노동을 멈추고 오르페우스의 음악 소리에 깊이 빠져들었다. 이렇게 모두들 자신이 받고 있던 형벌에서 벗어나 오르페우스의 노래에 흠뻑 취해 있는데, 찢어질 듯한 비명 소리가 들렸다.

"여보, 오르페우스!"

저만치에서 젊은 여인의 영혼이 달려왔다. 오르페우스가 오매불망 그리워하던 에우리디케였다. 에우리디케는 노래하고 있던 오르페우스의 품 안에 뛰어들었다. 오르페우스는 수금을 내려놓고 사랑하는 에우리디케를 끌어안았다. 이것은 하데스가 세워놓은 법칙이 무너진 역사적인 사건이었다. 죽은 자와 산 자는 다시는 만날 수 없는 법인데, 오르페우스가 자신의 음악으로 모든 것을 뒤흔들어버린 것이다. 그 순간, 하데스는 정신이 번쩍 들었다.

"이게 무슨 짓이냐? 수많은 영혼들이 보고 있는데 내가 만든 저승의 법칙을 깨뜨리다니 절대로 용서할 수 없다."

구구궁!

저승 세계 전체가 흔들렸다. 그러나 오르페우스와 에우리디케는 다시는 떨어지지 않겠다는 듯 서로를 꼭 부둥켜안고 있었다. 그들의 아름다운 만남을 본 지하의 영혼들은 모두 눈물을 닦으며 자신들이 사랑하는 이승 사람들을 떠올렸다.

"아, 큰일이다. 대왕께서는 틀림없이 두 사람에게 벌을 내리실 거야. 어떡하지? 그들이 벌을 받지 않으면 좋겠어."

"그러게 말이야. 이렇게 아름다운 연인들인데 서로 헤어져야 하다니 너무나 안타까워."

헤르메스 역시 아름다운 연인들을 보며 감동을 받았다. 신들의 전령인 그는 냉철하게 자신의 사명을 수행해야 했기에 감정에 휘둘리는 법이 없었지만, 오르페우스와 에우리디케의 만남에는 그것을 뛰어넘는 가슴 떨림이 존재했다. 서로 떨어질 줄 모르는 연인을 보던 헤르메스가 다가갔다.

"여보게, 오르페우스. 주변을 둘러보게. 지금 분위기가 살벌하다네. 자네 아내와 잠시 떨어지는 게 어떻겠나."

그제야 오르페우스는 분위기를 파악하고 끌어안았던 에우리디케를 놓아주었다. 두 사람은 손을 꼭 잡고 바짝 붙어서 앞으로 어떤 일이 벌어질지 마음 졸이며 하데스의 얼굴만 바라봤다. 하데스는 벼락같은 고함을 질렀다.

"네 이놈, 어찌하여 감히 내 눈앞에서 내가 세운 법을 어긴단 말이냐?"

그때 그의 옷소매를 잡아당기는 손길이 있었다. 페르세포네였다.

"여보, 저 젊은 연인들을 보세요. 너무도 가엾지 않나요? 자기 아내를 얼마나 사랑했으면 목숨을 걸고 여기까지 왔겠어요?"

페르세포네의 얼굴은 온통 눈물로 범벅되어 있었다.

"저들에게 방법을 찾아주세요. 당신은 할 수 있잖아요."

"하지만 저들은 법을 어겼소. 그 누구도 예외 없이 모든 영혼들이 지켜야 하는 법을 말이오."

"예외 없는 법이 어디 있어요? 한 번만 용서해주세요."

페르세포네는 화를 내는 하데스의 팔을 어루만졌다. 사실 하데스도 오르페우스의 음악에 크게 감동받아 많이 누그러진 상태였다. 아내가 이렇게까지 부탁하자 하데스는 고민에 빠졌다. 옆에 있는 판관들도 조심스럽게 말을 건넸다.

"대왕이시여, 저자의 음악이 정말 아름답지 않습니까. 저희도 저자의 음악에 감동받았습니다. 이승에서의 삶이 얼마나 행복했는지 기억날 정도입니다."

"맞습니다. 저자의 소원을 한 번만 들어주시는 건 어떻겠습니까? 저희가 판관이지만, 저자에게 벌을 주는 게 쉽지 않습니다."

"에잇, 그대들까지 왜 그러는가? 법은 엄하게 지켜야 하는 것이거늘……."

"죄송합니다."

하데스는 한참 동안 생각했다. 좌우를 둘러보니 수많은 영혼들이 눈물을 흘리며 자신만 바라보고 있었다. 엄한 벌을 내려 오르페우스를 죽인 뒤 저승에 데려다 놓는다면 그 감미로운 음악 소리를 더 이상 들을 수 없을 것 아닌가. 뿐만 아니라 자신이 너무나 가혹하다는 여론이 형성되면 저승 세계를 다스리는 데도 좋을 리 없었다. 그때 페르세포네가 한 번 더 말했다.

“여보, 당신이 가끔은 너그럽기도 하다는 것을 저 영혼들에게 보여 주세요. 제 부탁이기도 합니다.”

하데스는 재빨리 주판알을 튕겨봤다. 예외를 인정하는 것과 인정하지 않는 것, 어느 쪽의 이익이 클지 곰곰이 생각해본 것이다. 아무런 벌도 주지 않고 오르페우스만 돌려보낼 수도 있지만, 이곳까지 찾아온 고집불통 오르페우스가 순순히 돌아갈 리 없었다. 그렇다고 그를 이곳에 그냥 둘 수도 없으니 차라리 에우리디케를 함께 돌려보내서 자신이 냉혹하다는 세간의 평가를 바꾸고 명성을 높일 기회로 삼아야겠다고 생각했다.

“좋다. 오르페우스, 네 말을 한번 들어보자. 너는 무엇을 원해 이곳까지 왔느냐? 나를 설득해봐라.”

오르페우스는 기다렸다는 듯이 무릎을 꿇고 자신이 준비해온 이야기를 하기 시작했다.

“지하 세계의 왕이시여, 위대한 당신의 이름을 모르는 인간은 아무도 없습니다. 제 소원은 단 하나입니다. 억울하게 죽은 에우리디케를 세상으로 돌려보내주십시오. 그녀가 저와 함께 보낸 시간은 너무나도 짧습니다. 충분히 행복할 만한 시간이 저희에게는 주어지지 않았습니다. 영원히 행복할 수는 없지만, 그래도 짧은 행복은 그 뒤에 이어지는 기나긴 고통을 이겨낼 수 있는 힘을 주지 않습니까? 그녀 덕분에 저는 사랑이 무엇인지 알게 됐습니다. 그녀로 인해 제 예술은 화려하게 꽃피어 이제 사람들에게 많은 희망과 영감을 줄 수 있게 되었는데, 정작 그녀가 떠나버린 겁니다. 그녀가 이곳에서 이렇게 고통받고 있는데 제가 어찌 음악을 연주하고 노래를 부르며 예술을 이룰 수 있겠습니까? 아내 없이 저는 한순간도 살 수 없습니다. 제발, 제발 그녀를 제 품으로 돌려보내주십시오."

"에우리디케, 너는 어떠하냐?"

에우리디케는 말없이 눈물을 흘리며 고개를 끄덕일 뿐이었다. 저승의 영혼들을 둘러보았더니 그들도 모두 한 번만 허락해주었으면 하는 표정으로 하데스를 바라보며 손을 부여잡고 있었다. 자신에게 쏠리는 강렬한 희망의 시선을 보며 하데스는 한 번 정도 예외를 인정해주기로 정치적인 판단을 내렸다. 그러나 하데스는 역시 신이었다. 그는 인간의 나약함을 너무나 잘 알고 있었다.

"좋다. 네 소원을 들어주겠다."

저승에 있는 모든 영혼들이 만세를 외쳤다.

"만세, 하데스 대왕 만세."

"하지만!"

신은 인간에게 무엇이든 그냥 주는 법이 없었다. 신이 인간에게 무언가를 해줄 때는 조건을 걸게 마련이었다. 하데스도 예외는 아니었다.

"네 소원을 들어주마. 그런데 너도 약속을 하나 해야 한다."

"무슨 약속입니까? 시키시는 것은 무엇이든 하겠습니다. 말씀만 하십시오."

"에우리디케는 지금 바로 보내주겠다."

"감사합니다. 감사합니다."

오르페우스는 몇 번이고 엎드려 절을 했다.

"그러나 조건이 있다. 너는 에우리디케보다 한 발 앞서 이 타르타로스에서 빠져나가라. 에우리디케는 너의 뒤를 따라갈 것이다. 자고로 여인은 남자 뒤를 따르는 법이다. 단, 이곳에서 빠져나가기 전까지 너는 절대로 고개를 돌려서 그녀를 보면 안 된다. 완전히 지상으로 나가 태양 빛을 받은 다음에 뒤돌아 그녀를 봐야 한다. 이 약속을 지키지 못한다면 에우리디케는 다시는 이곳을 빠져나갈 수 없을 것이며, 너도 이곳에 다시는 돌아올 수 없을 것이다. 이 조건을 받아들이겠느냐?"

오르페우스는 자신 있었다. 참을성과 끈기라면 그 누구에게도 뒤지지 않을 자신이 있었다. 그가 지금처럼 빼어난 솜씨로 수금을 연주하고 아름답게 노래를 부를 수 있게 된 것은 사실 뛰어난 재능이 뒷받침되기는 했지만 무엇보다 치열하게 노력한 덕분이었다. 아무리 힘들고 어려워도 참고 견디며 꾸준히 노력하고 연습한 끝에 아름다운 예술을 완성할 수 있었던 것이다.

"감사합니다, 대왕이시여. 사랑하는 아내와 함께 이승으로 돌아갈 수 있다는데, 그 정도도 못 참겠습니까? 자신 있습니다."

오르페우스는 너무나 기뻤다. 가슴이 터질 것만 같았다. 세상 모든 이에게 입맞춤하고 싶은 심정이었다. 저승의 영혼들도 모두 한마음으로 축하해주었다.

"오르페우스, 당신의 연주를 들으면서 눈물이 났어요. 그대는 이곳에서 에우리디케를 데리고 나가 행복하게 살 자격이 충분해요."

마침내 부부는 길을 떠났다.

9

사랑꾼의 비참한 결말

돌아가는 길 역시 헤르메스가 앞장섰다.

“이곳으로 들어오기는 쉽지만, 나가기는 어렵다. 나를 잘 따라오거라.”

오르페우스는 헤르메스의 뒤를 따랐다. 그런 오르페우스 뒤쪽으로 조금 떨어져서 에우리디케가 소리 없이 걸어가기 시작했다. 저승 문 앞에 도착하자 케르베로스가 으르렁댔다. 케르베로스의 본래 의무는 저승에서 빠져나가려는 자들을 감시하는 것이었기 때문이다. 꼬리의 용머리가 독을 뿜으며 다가오는데도 오르페우스는 전혀 당황하지 않고 수금을 꺼냈다. 그가 수금을 연주하기 시작하자 케르베로스는 금세 순해졌다. 음악 소리에 따라 고개를 흔들다가 하품을 하더니 땅에 엎드려 그대로 잠들고 말았다. 케르베로스를 재워놓은 뒤 그들은 저승 문을 통과해 계속 앞으로 나아갔다. 강가에 도착하자 카론이 기다리고 있었다.

"죽은 사람의 영혼이 다시 이승으로 나가는 건 처음이로군."

"저희들이 강을 건너게 도와주십시오."

"하데스 신께서 내가 한 번도 보지 못한 결정을 내리셨구나. 어쩔 수 없지. 음악을 한 곡만 연주해주면 배로 강을 건너게 해주겠네."

오르페우스는 기쁨과 행복이 넘치는 노래를 불렀다. 카론은 자기도 모르게 배를 대서 그들을 태우더니 그대로 미끄러지듯이 강을 건너가 건너편 기슭에 그들을 내려주었다. 이제 동굴 바깥으로 나가는 길고도 먼 길을 걸어가야만 했다. 에우리디케를 꼭 데리고 나가 함께 살겠다는 일념으로 오르페우스는 발걸음을 옮겼다. 올 때는 사랑하는 아내를 만날 수 있을 거라는 마음에 한달음에 달려왔지만, 희망이 눈앞에 보이자 길이 너무 멀게만 느껴졌다. 그렇게 하루 이틀 사흘 계속 걸어가다 보니 오르페우스는 에우리디케가 잘 따라오고 있는지 너무나 궁금했다. 그는 헤르메스에게 조심스레 물었다.

"한 번만 살짝 보면 안 되겠습니까?"

"안 된다. 신의 명령은 지엄한 것이다. 잘 따라오고 있으니 아무 걱정하지 말고 빨리 이곳을 빠져나갈 생각이나 해라."

지상이 가까워질수록 오르페우스의 마음에선 의심이 싹트기 시작했다.

'하데스가 나를 돌려보내려고 그런 조건을 붙인 게 아닐까? 내가 지상으로 올라가고 나서 저승 문을 닫아버리면 다시 돌아갈 수 없잖아.

그의 말에 홀랑 속아 넘어가 여기까지 온 건 아닐까?'

고요한 어둠 속을 걸어가면서 오르페우스의 가슴속에선 의심이 점점 커졌다. 의심은 맨 처음 생겨났을 때는 겨자씨처럼 작지만 점점 불어나 사람을 온통 휘어잡아 결국 뜻하지 않은 행동을 하게 만드는 법이다. 오르페우스는 가만히 귀를 기울여봤다. 헤르메스와 자신이 걷는 소리만 들릴 뿐, 뒤에서 에우리디케가 따라오는 발소리는 들리지 않았다.

'왜 발소리가 들리지 않지? 이상하잖아.'

오르페우스는 알지 못했다. 영혼들은 걸어오는 게 아니라 그대로 공간을 이동해 온다는 사실을. 오르페우스의 의심은 점점 커졌다.

'헤르메스와 제우스, 하데스가 합심해서 나 하나를 속이는 건 아닐까?'

다음 날이 되자 오르페우스의 의심은 하늘을 찔렀다.

'에우리디케가 정말 따라오고 있는 걸까? 한 번만이라도 말해주면 얼마나 좋아. 아니, 살짝 볼 수 있다면 정말 좋겠다.'

그는 뒤를 돌아보고 싶은 마음을 참으며 계속 앞으로 걸어갔다. 앞서 가는 헤르메스의 흔적이 희미하게 보였다. 헤르메스에게 보이지 않을 때 얼른 뒤를 돌아보면 에우리디케가 따라오는지 확인할 수 있을 거라는 생각이 들었다. 하지만 이내 이성이 그의 의심을 눌렀다.

'아니야. 신이 나를 속일 리 없잖아. 신과의 약속을 어기면 모든 게 수포로 돌아갈 거야. 신은 인간의 소원을 들어줄 때 꼭 조건을 달잖아. 왜 그렇겠어. 참아야 돼. 참아야 돼.'

오르페우스는 미쳐버릴 것만 같았다. 뒤에 에우리디케가 오는지 안 오는지 확인할 길이 없었기 때문이다. 그의 고뇌는 점점 깊어졌다. 에우리디케와 함께 걸어가고 있다고 믿는 이 길이 그에게는 지옥 길 같았다. 어서 빨리 지상으로 나가 그녀를 끌어안고 싶지만 못된 의심이 그러한 마음을 자꾸 흔들었다. 의심이 커져 더 이상 견딜 수 없는 지경이 되었다. 의심 속에서도 계속 걸음을 옮기다 보니 어느새 주변이 점점 밝아지고 있었다. 저 멀리서 가느스름하게 지상의 빛이 스며들고 있었다. 앞이 조금씩 밝아지고 형체가 보이기 시작하자 오르페우스는 희망이 아니라 고통으로 가슴이 찢어질 것만 같았다. 길고도 긴 여정이 끝날 때가 다가오고 있는데 의심은 더욱더 커져만 갔기 때문이다. 마침내 동굴이 환하게 변했다. 헤르메스는 저만치 앞서 나가고 있었다. 햇살이 쏟아져 들어오기 시작했다. 이제 조금만 있으면 사랑하는 에우리디케를 다시 끌어안을 수 있게 될 것이다. 그러나 의심에 사로잡힌 채 불확실한 길을 한 발 한 발 나아가는 오르페우스는 점점 더 초조해졌다.

'내 뒤에 아무도 없으면 어떻게 하지? 정말 끔찍한 일이 아닌가? 다시 돌아갈 수도 없고.'

몇 걸음 앞에서 햇빛이 환하게 내리쬐고 있었다. 햇살 아래 발을 디디고 뒤를 돌아다보면 분명히 에우리디케가 있을 거라고 헤르메스는 말했다. 오르페우스는 두 눈을 질끈 감고 햇빛 아래까지 달려갔어야 했다. 하지만 의심이, 불안이 그의 발목을 잡았다. 더 이상 앞으로 나아가지 않고 멈춰 선 오르페우스를 보고 헤르메스가 말했다.

"어서 오게. 하데스와의 약속을 생각하게. 빨리 오게, 여기 햇빛이 있는 곳으로."

헤르메스의 말은 마치 자기를 속이려고 하는 것만 같았다. 오르페우스는 걸음을 멈췄다. 가슴속에서 피어오르는 의심과 불안이 마침내 그를 굴복시켰다. 그는 자신도 모르게 고개를 돌려 뒤에 에우리디케가 있는지 쳐다보고 말았다.

"에우리디케!"

돌아본 순간, 그곳에는 슬픈 얼굴을 하고 있는 에우리디케가 서 있었다.

"아, 에우리디케, 당신 정말로 거기에 있었군요."

"오르페우스, 왜 뒤를 돌아보셨나요? 이제 저는 타르타로스로 다시 돌아갈 수밖에 없어요."

에우리디케는 저승의 힘에 의해 순식간에 멀어졌다.

"에우리디케, 안 돼요!"

손을 잡아서 당겨보려 했지만 이미 늦은 뒤였다. 에우리디케는 어둠 속으로 끌려들어가 흔적도 없이 사라져버렸다.

"으아악!"

오르페우스는 또다시 사랑하는 여인을 잃어버렸다. 그는 고통에 절규했다. 허둥지둥 쫓아가봤지만 소용없었다. 에우리디케는 분명히 그의 뒤를 따라오고 있었다. 몇 발짝만 더 걸어갔다면 밝은 햇살 아래서 그녀와 다시 한번 행복하게 살 수 있었을 것이다. 그런데 한순간의 실수로 모든 것을 망쳐버린 것이다.

"에우리디케!"

오르페우스의 절규가 동굴 속에 메아리쳤다. 그는 미친 듯이 왔던 길을 되돌아갔다. 얼마나 달렸을까. 스틱스강이 눈앞에 보였다. 카론이 냉혹한 얼굴로 서 있었다.

"카론, 나의 사랑하는 그녀를 데리러 가야 합니다. 제발 나를 배에 태워주세요."

무릎을 꿇고 애원했지만 카론은 무겁게 고개를 저을 뿐이었다. 아무리 애원해도 그는 꼼짝하지 않았다.

"신은 너와의 약속을 지켰다. 그걸 깬 건 인간, 바로 너다. 무슨 명목으로 나에게 강을 건너게 해달라는 것이냐."

"살려주십시오. 도와주십시오. 사랑하는 아내를 찾을 수 있게 다시 한번 도와주십시오. 절대로 그 은혜를 잊지 않겠습니다."

아무리 외쳐도 소용없었다. 다급하게 수금을 연주하려 했지만, 아무것도 손에 잡히는 게 없었다. 에우리디케를 놓칠 때 수금을 땅에 떨어뜨리고는 빈손으로 달려온 것이다. 그는 무기도 없는 셈이었다. 그렇게 꿇어 엎드린 채 먹지도 않고 자지도 않으며 카론에게 일주일간이나 빌었지만, 소용없었다.

마침내 8일째 되는 날, 그는 모든 것을 받아들일 수밖에 없었다. 오르페우스는 인정했다. 자신의 노력으로 신을 감동시켰지만 그 누구도 아

닌 바로 자기 자신이 한순간에 모든 것을 망가뜨렸음을. 그는 눈물을 뿌리며 다시 지상으로 올라왔다. 아내를 잃은 채 얻은 것도 없이 죽음을 각오하고 내려갔던 길을 되돌아와야 했다. 오르페우스는 햇살이 내리쬐는 동굴 입구로 터벅터벅 걸어갔다. 그곳에 떨어져 있는 수금이 보였다. 수금을 집어 든 뒤 흙먼지를 닦고 나서 주위를 둘러봤다. 세 걸음만 더 걸었으면 햇살이 내리쬐는 곳에 닿을 수 있었을 것이다. 세 걸음만 더 걸었으면 에우리디케를 다시 자신의 아내로 맞을 수 있었을 것이다. 그러지 못해 아내를 잃어버린 것이다. 오르페우스의 가슴은 찢어질 것만 같았다.

"에우리디케, 당신을 잃었는데 이까짓 수금이 무슨 소용 있겠소?"

오르페우스는 분신처럼 가지고 다니던 수금을 내동댕이쳐서 산산이 부서뜨렸다. 수금의 줄이 끊어지는 소리가 날카롭게 울렸다. 인내심이 부족해서 하데스와의 간단한 약속도 지키지 못해 결국 아내를 잃었다. 오르페우스는 자신을 용서할 수 없었다. 고통스러워하던 오르페우스는 고향으로 돌아갔다. 그는 더 이상 노래하지 않고 곡을 만들지도 않았다. 오로지 에우리디케만 생각했다.

시간이 흐르자 이별의 아픔은 무뎌졌지만 음악에 대한 열정은 식지 않았다. 오르페우스는 다시 나무를 자르고 다듬어 그의 손으로 망가뜨린 수금을 대신할 더욱 아름다운 수금을 만들었다. 수금에 줄을 매고 정성껏 조율한 뒤 소리를 들어보았다. 크나큰 고통을 겪어내면서 연주는 더욱 애절해져 사람의 간을 도려낼 듯한 선율이 흘러나왔다.

사람들은 오르페우스에게 위로를 건넸다.

"오르페우스, 당신이 겪은 일은 매우 안타까워. 하지만 사람이 어찌 슬퍼하면서만 살 수 있단 말인가. 이제 그만 슬퍼하고 우리를 위해서 즐거운 음악을 연주해주게."

"즐거운 음악은 더 이상 연주할 수 없습니다. 나에게 남은 것은 슬픈 음악뿐이거든요. 원한다면 그 음악이라도 들려드리지요."

오르페우스의 연주를 들으며 사람들은 모두 눈물을 흘렸다. 산이 무너지고 강이 마르는 것 같은 슬픈 노래와 곡조였다.

그때 트라키아에서는 성대한 축제가 열리고 있었다. 바로 디오니소스 축제였다. 이 축제에 참여한 사람들은 모두 술에 취해 방탕할 정도로 마음껏 즐길 자유를 허락받았다. 원래 축제란 그런 것이다. 일탈을 통해 일상생활로 돌아갈 힘을 얻는 법이다. 디오니소스 축제는 그동안 억눌려 살던 여인들이 마음껏 술을 마시고 춤추고 노래하며 모든 한을 발산하는 시간이기도 했다. 이렇게 축제를 즐기다 보면 여인들은 군중심리에 휩싸여 집단적인 행동을 하곤 했다.★

한 여인이 말했다.

사람들은 몰려다니다 보면 가끔 이상한 행동을 하기도 해. 집단행동은 누가 시키지 않아도 나타나는 사회적 과정이면서 사건이야. 대표적인 사례로 유럽의 축구광 훌리건을 들 수 있어. 요즘 인터넷에서 여러 사람들이 같은 동작으로 춤추는 것을 볼 수 있는데, 이를 '몹(mob)'이라고 하거든. 이것도 일종의 집단행동이야. 그런데 집단행동은 대개 폭력적이고 과격한 형태로 나타나. 미국의 흑인 폭동이나 일본의 간토 대지진 때 조선인을 집단적으로 죽인 것처럼 말이야. 사람들이 많이 모인 곳에 가면 하나 된 즐거운 감정을 느낄 수 있지만, 그 감정이 그릇된 방향으로 흐르면 큰 사건을 저지를 수도 있으니 조심해야 돼.

"아름다운 오르페우스의 노래를 들으며 춤추는 게 어때?"

"그래, 정말 좋은 생각이야. 오르페우스에게 가서 노래를 불러달라고 부탁하자."

수십 명의 여인들이 오르페우스가 혼자 조용히 살고 있는 집으로 몰려갔다.

"오르페우스, 나오세요. 얼른 나와요. 으하하하!"

술에 취하면 남자든 여자든 과격해지는 법이다. 여인들은 크게 소리 지르고 문을 두드려 오르페우스가 바깥으로 나오게 했다.

"무슨 일이십니까?"

"우리를 위해 음악을 연주해주세요."

"맞아요. 수금을 뜯어주세요."

"우리는 춤추며 놀고 싶어요."

하지만 슬픔에 빠진 오르페우스가 여인들의 부탁을 들어줄 리 없었다.

"더 이상 즐거운 음악은 연주하지 않습니다. 그냥 돌아가십시오."

"뭐라고? 우리가 에우리디케같이 아름답지 않아서 연주해주지 않겠다는 거야?"

"그런 말은 하지 않았습니다."

"아니긴 뭐가 아니야? 네가 죽은 여자만 그리워하면서 살아 있는 우리의 아름다움은 깔보는 것 아니냐?"

어떤 여인은 그의 앞에서 마구 엉덩이를 흔들며 노골적으로 유혹하기도 했다. 오르페우스는 눈을 질끈 감았다. 이들이 왜 이곳까지 와서 자신을 괴롭히는 것인지 알 수 없었다. 오르페우스가 돌부처처럼 가만히 있자 여인들은 화가 치밀었다.

"오르페우스, 너는 우리가 여자로 안 보이는 거냐? 오만한 놈 같으니라고. 남자라는 것들은 다 저래."

"맞아."

"사내놈들은 다 죽어 없어져야 해. 에잇, 이놈부터 죽여버릴까."

여인들은 흥분해서 한참 떠들다가 오르페우스를 내버려두고 축제를 즐기러 갔다. 그곳에서 술을 마시고 신나게 놀며 즐거운 시간을 보냈지만 분한 마음이 풀리지 않았다.

"아까 오르페우스가 우리를 능멸했잖아. 너무 분해서 도저히 용서할 수 없어."

"우리를 모욕한 사내놈들은 다 죽여야 돼. 우리를 깔보는 거잖아."

"우리를 깔보는 것은 곧 디오니소스를 깔보는 거나 다름없어."

여인들은 손에 잡히는 대로 농기구와 몽둥이를 들고 오르페우스의 집으로 쳐들어갔다. 잔뜩 취한 여인들은 이성을 잃은 채 도망치는 오르페우스를 쫓아갔다. 평생 오직 한 여인만 바라보고 살았던 오르페우스는 영문도 모른 채 수십 명의 여인들에게 쫓기는 신세가 되었다. 여인들은 맹수처럼 달려갔다. 나뭇가지에 옷이 찢겨도 상관하지 않고 거의 벌거숭이가 된 채 마구 쫓아가 마침내 오르페우스를 둘러싸고는 돌멩이를 던지고 몽둥이를 휘둘러 그를 죽이고 말았다. 오르페우스는 산산이 부서진 수금과 함께 바위 위에 널브러졌다. 시간이 흐르자 여인들은 정신을 차리고 자신들이 무슨 짓을 저질렀는지 깨달았다.

"아, 우리가 무슨 짓을 벌인 거야? 오르페우스를 죽였잖아."

"이럴 수가……."

"빨리 피를 닦아내야 돼. 얼른 강물에 가서 씻자."

여인들은 허둥지둥 자신들의 손에 묻은 피를 씻으러 강으로 갔다. 하지만 강물은 말라붙어 있었다. 순식간에 강물이 사라져버린 것이다. 죄의 증거를 씻어내지 못한 여인들은 사람들에게 붙잡혀 재판정에 세워졌고, 결국 처형됐다.★

이렇게 인간들이 서로 죽이고 죽는 참혹한 일이 벌어졌지만, 오르페우스는 기다렸다는 듯 타르타로스로 달려갔다. 카론은 웃으며 그를 반겨주었다.

"드디어 자네가 죽어서 이곳에 왔군. 이제 이 배를 탈 자격이 있네."

배를 타고 지옥 문을 지나 케르베로스를 거쳐 하데스 앞에 도착했다.

"대왕이시여, 제가 왔습니다."

"자네가 자신의 운명을 받아들였나 보군. 여봐라. 에우리디케를 불러와라."

드디어 에우리디케가 오르페우스 앞에 다시 나타났다.

"여보, 돌아오셨군요."

에우리디케와 오르페우스는 뜨겁게 포옹했다. 이제 그들이 같이 있는 것을 말릴 이는 아무도 없었다. 음악도 없고 예술도 없는 저승 세계이지만 오르페우스와 에우리디케는 그곳에서 행복했다. 그들의 사랑은 죽어서도 영원히 빛났다. 그 모습을 내려다본 제우스는 측은한 마음이 들었다. 인간이라는 존재는 너무나 나약하지만 신들조차 그들의 사랑은 어찌할 수 없었다. 제우스는 사람들의 기억 속에 오르페우스를 남기기 위해 명령을 내렸다.

"저 부서진 수금을 하늘의 별자리로 만들어라."

그 명령을 들은 아폴론은 부서진 수금을 다시 붙여 하늘의 별자리로 만들었다. 그 뒤로 하늘에는 거문고자리라고 불리는 별자리가 생겨났다. 오르페우스의 이야기는 사랑의 위대함으로 신들의 어떠한 방해도 이겨낼 수 있음을 보여준다.

뮤즈 중 하나인 칼리오페의 아들인 오르페우스가 여인들의 손에 찢겨 죽자 뮤즈는 그의 시신을 수습해 레이베트라에 묻어주었어. 그래서 이곳의 꾀꼬리들은 다른 지역의 꾀꼬리보다 더 아름답게 운다고 해.

10

다이달로스의 비극

아테네의 다이달로스★는 모든 방면에 뛰어나 예술가였지만, 가장 인정받는 것은 건축과 발명이었다. 그는 끊임없이 새로운 아이디어를 내놓았고 끊임없이 새로운 물건을 만들어냈다. 한마디로 기계의 원리와 동작을 누구보다 잘 알고 있는 예술가였다. 그가 만든 신전, 그가 만든 기계들이 아테네를 가득 채웠다. 오늘날까지도 그 흔적이 남아 있을 정도다. 새로운 예술 작품을 만들어내기 위해서는 새로운 도구가 필요한 법이다. 다이달로스는 기존 연장을 솜씨 좋게 벼려내는 것은 물론 구멍 뚫는 드릴이나 돛과 돛대 등 새로운 도구도 많이 만들어냈다. 배가 돛을 달고 빠른 속도로 바다를 항해할 수 있게 된 것도 다이달로스 덕분이다. 이렇듯 위대한 다이달로스는 무수히 많은 추종자를 거느렸지만, 그만큼 질시하는 자들도 많았다.

다이달로스는 매일 일찍 작업장으로 나갔다. 그의 제자들은 그보다 더 일찍 나와 작업을 하고 있었는데, 다이달로스는 그들의 작업 상태를 일일이 점검하고 주어진 과제를 제대로 해냈나 확인했다. 일을 제대로 하지 못한 제자들은 그에게 따끔하게 야단맞았다.

"어린아이가 해도 이보다 낫겠구나. 이따위로 일하려면 당장 때려치워라."

똑똑하고 재능 있기로 소문난 제자들이었지만 다이달로스에게 한 번도 혼나지 않은 사람이 없었다. 그 자신이 천재적인 장인이자 예술가였기에 다이달로스는 늘 완벽을 추구했으며, 그만큼 제자들을 보는 기준이 높았다. 그런데 단 한 사람 탈로스는 혼나는 법이 없었다. 열다섯 살인 탈로스는 다이달로스의 누이 페르디카의 아들로, 그의 조카였다. 가족이다 보니 다른 제자들보다 많은 기술을 알려주었는데, 영민한 탈로스는 다이달로스의 이야기들을 잘 듣고 기계의 발명 원리를 익혀 언

다이달로스는 신화 시대 최고의 발명가야. 그는 또한 건축가이자 예술가이자 기술자였어. 빼어난 건물 중 그가 만들지 않은 건물이 없고, 뛰어난 예술품 중 그가 관여하지 않은 예술품이 없을 정도였지. 한마디로 다방면에 빼어난 재주를 보인 레오나르도 다빈치나 《삼국지》의 제갈공명 같은 천재라고 할 수 있지. 하지만 그의 인생은 더없이 파란만장했어. 그건 어쩌면 남다른 재주를 지닌 사람들이 겪는 숙명적인 불행인지도 몰라.

젠가 자신도 새로운 도구를 만들어내겠다고 결심했다. 훌륭한 스승 밑에 훌륭한 제자가 나오는 법이다. 다이달로스는 날이 갈수록 쑥쑥 성장하는 탈로스가 기특하기만 했다.

어느 날 다이달로스는 탈로스에게 과제를 내주었다.

"이 기다란 나무를 다섯 등분으로 나눠봐라."

"알겠습니다."

그동안 나무를 자르는 데는 칼을 사용했다. 잔가지는 칼로 잘라낼 수 있지만 굵은 통나무를 한번에 깔끔하게 끊어내는 것은 불가능했다. 칼로 계속 찍어내고 찍어내서 원하는 크기로 잘라내야 했다. 그러다 보니 정교하게 잘라내는 게 불가능하고 절단면이 거칠 수밖에 없었다. 칼로 찍어낸 나무를 사용하려면 울퉁불퉁한 단면을 섬세하게 깎아내야 했기에 시간도 많이 걸렸다. 그래서 탈로스는 생각했다.

'나무는 너무 딱딱해서 한번에 잘리지 않는단 말이야. 한번에 쓱 베어낼 수 있으면 좋을 텐데 방법이 없을까?'

나무를 다섯 토막으로 자르라는 스승의 과제를 해내려고 하루 종일 애써봤지만 겨우 한 토막 잘라냈을 뿐이었다. 고민하던 탈로스는 숲속을 산책하다가 커다란 뱀의 뼈를 주웠다. 뱀의 아가리 뼈에 이빨이 촘촘히 박혀 있었다. 탈로스는 그것을 자세히 살펴보다가 그만 손을 베고 말았다. 날카로운 칼도 아닌데 슬쩍 스친 것만으로도 손을 베어 피가 나는 것을 보고 탈로스는 좋은 생각이 떠올랐다.

'아, 뱀의 이빨은 정말 강하구나. 우툴두툴한 게 물건을 건드리기만 해도 잘려 나가네. 뱀 이빨처럼 칼날을 우툴두툴하게 만들면 나무가 잘

잘리지 않을까? 한번 해보자.'

곧바로 작업실로 간 탈로스는 나무 자르는 긴 칼의 날을 일부러 우툴두툴하게 떼어내기 시작했다. 이윽고 칼은 이빨 빠진 것처럼 들쑥날쑥한 모양새가 되어버렸다. 한마디로 칼로는 쓸모없이 되어버렸는데, 탈로스는 그 칼을 가지고 기다란 통나무를 썰기 시작했다.

"아하!"

그 순간, 탈로스는 참을 수 없는 기쁨에 마구 환호성을 질렀다. 나무가 단번에 깔끔하게 잘린 것이다. 칼을 밀고 당길 때마다 부스러기가 마구 떨어지면서 나무가 깔끔하게 잘려 나갔다. 칼로 긴 통나무를 한 조각 잘라내려면 하루 종일 걸리는데 한 시간 만에 나무를 다섯 토막 낼 수 있었다. 뿐만 아니라 나무의 단면을 쪼거나 가공할 필요 없이 깔끔하게 똑같은 크기의 통나무 조각이 만들어졌다. 오늘날 우리가 쓰는 톱이 발명된 것이다. 신이 난 탈로스는 다이달로스에게 달려갔다.

"스승님, 제가 나무를 다섯 토막 냈습니다."

"뭐야? 일주일쯤 걸릴 일을 벌써 끝냈다고?"

다이달로스는 깜짝 놀랐다. 한 치의 어긋남도 없이 똑같은 크기로 깔끔하게 잘린 나무가 놓여 있었다.

"대체 어떻게 한 거냐?"

"제가 만든 이 도구를 보십시오."

탈로스가 내민 톱을 본 다이달로스는 눈을 동그랗게 떴다.

"이렇게 훌륭한 도구를 만들다니 참으로 대단하구나. 다들 여기 모여봐라."

제자들이 다 모였다.

"모두들 봐라. 탈로스를 본받아라. 자기에게 필요한 도구를 만들어 내다니 정말 대단하지 않으냐. 너희들도 시키는 일만 하지 말고 이렇게 스스로 알아서 해내란 말이다. 당장 이 도구를 만들어서 너희들도 사용해보도록 해라."

제자들은 다가와 탈로스가 만든 톱을 살펴봤다. 탈로스는 톱날을 좌우로 번갈아 조금씩 벌려놓는 등 그새 톱을 개량해놓았다. 처음 톱을 만들었을 때보다 나무가 더욱더 잘 잘렸고 톱날이 나무 사이에 박혀서 빼내기 힘든 일도 없어졌다.

다이달로스는 페르디카에게 가서 탈로스를 칭찬해주었다.

"누님, 우리 조카가 얼마나 대단한지 모릅니다. 이 녀석이 커다란 통나무를 순식간에 자를 수 있는 새로운 도구를 만들어냈어요. 정말 큰 인물이 될 겁니다."

페르디카는 너무나 기뻤다. 동생이지만 존경할 수밖에 없는 대단한 장인인 다이달로스가 자신의 아들을 칭찬해주니 그보다 더 큰 기쁨은 없었다.

"다이달로스, 이러다가 최고의 장인 자리를 우리 아들에게 뺏기는 것 아니니? 호호호! 우리 아들이 너무 뛰어나 네가 더 이상 가르칠 게 없으면 어떻게 하지?"

"누님, 그것이야말로 제 기쁨입니다. 청출어람★ 아니겠습니까? 조카가 저를 뛰어넘기만을 바랄 뿐입니다."

탈로스는 그대로 성장한다면 다이달로스를 뛰어넘을 뛰어난 장인이 될 게 분명했다. 다이달로스는 열심히 노력하는 탈로스를 보면서 대견하기도 했지만 한편으로는 걱정되기도 했다. 끊임없이 일만 하다 보니 그의 몸이 날로 쇠약해졌기 때문이다.

"탈로스, 일만 한다고 좋은 게 아니다. 가끔은 바람도 쐬고 세상 구경도 해야 한다. 나랑 같이 산책을 가는 게 어떻겠느냐."

"네, 삼촌."

자신이 너무 작업에만 몰두한다는 생각이 든 탈로스는 다이달로스와 함께 나와 모처럼 성벽 위를 걸었다.

"아, 맑은 공기를 마시니까 정말 좋습니다."

"어린 시절에는 세상을 많이 경험하고 많은 것을 보고 듣고 느껴야 한다. 그것이 네 예술에 도움이 될 거야. 주변에 있는 다른 예술가들과 교류하며 그들에게서 배울 점을 찾는 것도 좋지."

"알겠습니다. 명심하겠습니다."

그들은 평원을 감상하면서 커다란 바윗돌 옆을 걸었다. 이렇듯 행복한 사제지간을 신들이 가만히 둘 리 없었다. 산길을 걸어가고 있는데, 시샘하는 신들이 그들 사이를 갈라놓기

'청출어람'은 중국의 성인 순자의 〈권학(勸學)〉이라는 글에 나오는 말이야. '푸른색은 쪽에서 취한 것이지만 쪽보다 푸르다'는 뜻이지. 정확하게는 '청출어람청어람(青出於藍青於藍)'이라고 하는데, 이걸 줄여서 '청출어람'이라고 말해. 제자가 스승보다 뛰어남을 뜻하는 고사성어야.

위해 바윗돌을 굴렸다.

구구궁!

커다란 소리가 나서 고개를 돌리는 순간, 집채만 한 바위가 산에서 굴러떨어지는 게 보였다.

"피해라, 탈로스!"

탈로스는 재빨리 피하려고 했다. 그때 자신을 잡아주려고 다이달로스가 손을 내미는 게 보였다. 그냥 피했으면 아무 일도 없었을 텐데, 스승이 내민 손을 잡기 위해 손을 뻗는 순간 바위가 탈로스를 덮쳤다. 탈로스는 바위에 맞아 그대로 낭떠러지 아래로 떨어져 죽고 말았다.

"아아악, 탈로스. 이게 무슨 일이냐?"

허둥대며 바윗돌 사이를 내려가봤지만 탈로스는 차가운 시신이 되어 땅 위를 나뒹굴고 있었다. 그의 영혼은 이미 육체를 떠나버린 뒤였다. 다이달로스는 고통스러워하며 외쳤다.

"도와주세요! 사람이 떨어졌어요!"

그런데 그날 이후 아테네에 야릇한 소문이 퍼졌다.

"탈로스가 너무 재주가 많아서 그것을 시기한 다이달로스가 실수를 가장해서 죽여버렸대."

"그게 정말이야? 너무나 끔찍한걸."

다이달로스의 경쟁자들은 신이 나서 소문을 퍼뜨렸다.

"사고라고는 하는데, 아무도 본 사람이 없으니 어떻게 믿겠어?"

"제자가 자기보다 크는 걸 막기 위해 죽여버린 거지."

여기저기서 흉흉한 소문이 돌았다. 이 소문을 들은 다이달로스는 가슴을 두드렸다.

“사랑하는 조카를 내가 왜 죽인단 말이오? 직접 본 것도 아니면서 어떻게 그런 말을 할 수 있소?”

울부짖었지만 아무 소용 없었다.

“저것 봐. 방귀 뀐 놈이 성낸다고 일부러 더 격하게 울부짖는 것 같지 않아?”

“저자의 말은 믿을 수 없어. 의심스럽다고.”

“맞아.”

이런 소문이 퍼지자 다이달로스는 결국 법정에 끌려가게 되었다. 진상을 알아내기 위해 사람들이 몰려들었다.

“저는 제 조카를 죽이지 않았습니다. 산사태가 나서 굴러떨어진 바위에 맞아 조카가 죽었을 뿐입니다. 저는 탈로스를 구하기 위해서 손을 내밀었고, 그가 떨어지자 계곡 아래로 재빨리 내려갔지만 탈로스는 이미 죽은 뒤였습니다. 제가 조카를 죽이다니요. 억울합니다! 신들이 보고 있는데 제가 그런 짓을 할 리 있겠습니까?”

그러나 그를 공격하는 자들의 이야기는 달랐다.

“당신은 조카가 당신의 모든 영광과 영예를 빼앗을까 봐 두려웠던 게 아니오?”

“톱도 나중에 당신이 발명한 것으로 꾸며내려고 했던 게 분명해.”

사람들은 다이달로스가 자신의 조카를 죽였다는 말도 안 되는 혐의를 뒤집어씌워 그를 공격했다. 그들의 본심은 다른 데 있었다. 다이달로스의 능력이 너무 뛰어나서 이 기회에 그를 없애버리려는 것이었다.

"다이달로스를 사형에 처해야 됩니다. 저자를 죽이지 않으면 예술을 빙자해서 제자들을 죽이고 공로를 빼앗는 자들이 이 아테네에 가득 찰 겁니다."

"맞습니다."

그러나 판관들은 증거가 없을 뿐만 아니라 다이달로스가 끝까지 자신의 혐의를 부인하자 사형을 언도할 수 없었다.

"증인은 없고 앞뒤 정황이 설득력 있으니 판결을 내리겠소. 죄인 다이달로스를 아테네에서 영원히 쫓아내는 추방령을 내리겠소."

다이달로스 편을 드는 사람들도 있었다. 이들은 판결을 듣고 크게 흥분했다.

"말도 안 되는 판결이다. 다이달로스가 왜 조카를 죽인단 말이냐? 이 판결은 잘못됐다."

법정을 부숴버릴 것처럼 사람들이 몰려와서 크게 저항하고 항의했다.

다이달로스는 억울함보다 슬픔에 몸을 가눌 수 없었다. 가장 뛰어난 제자이자 사랑하는 조카를 잃은 것도 슬픈데, 애써 가르쳐온 제자들과 그동안 해온 모든 작업들을 두고 멀리 추방당하게 생겼기 때문이었다. 일할 수도 없게 되었고, 돈을 벌 수도 없게 되었다. 가족들을 두고 즉시 떠나야만 했다. 자신의 권리는 모조리 무시당하고, 알 수 없는 낯선 타향으로 쫓겨나야 했다. 병사들이 다가와 양옆에서 팔짱을 꼈다.

"다이달로스, 어서 항구로 가자."

추방령을 내리면 그 순간 항구에서 가장 빨리 떠나는 배에 태워서 보내버리는 것이 당시의 법이었다. 어느 바다, 어느 곳으로 갈지는 그의 운명에 달려 있었다. 모든 것을 체념한 다이달로스는 피라에우스 항구에 가서 고개를 푹 숙인 채 서 있었다. 마침 닻을 올리고 떠나려는 배가 보이자 관리들이 다가가 말했다.

"여기 죄인이 있습니다. 이자는 추방령에 의해 쫓겨나는 자입니다. 왕명에 따라 이 배에 태워 보내려고 합니다."

항구에서 떠나는 배들은 그가 누구든 추방자들을 태워 가야 할 의무가 있었다. 항구에 머무는 동안 그 항구에서 많은 보급품을 받았기에 당연히 따라야 할 의무였다.

"예, 알겠습니다. 죄인을 태우십시오."

"그런데 이 배는 어디로 가는 배입니까?"

"우리는 크레타로 갈 겁니다. 그곳에 이 죄인을 내려주면 되겠습니까?"

배에 강제로 끌어 올리려고 하자 다이달로스는 팔을 뿌리쳤다.

"내 발로 올라가겠소."

그것은 다이달로스의 마지막 자존심이었다. 다이달로스는 배의 맨 뒤 구석에 쭈그리고 앉았다. 이 배가 자신을 내려주는 곳까지 가는 게 그에게 주어진 운명이었다. 그저 받아들일 수밖에 없었다. 다이달로스는 깊은 체념 속에서도 용기를 잃지 않으려고 애썼다. 그는 자신 있었다. 그가 지닌 뛰어난 기술과 예술적인 능력은 어느 곳에서도 빛을 발하고 누구나 그를 환영하게 만들 것이다. 하지만 가족과 헤어지고 조카를 잃은 자신의 처지 때문에 참을 수 없이 슬펐다. 한편으로는 그를 시기해서 억울한 누명을 씌워 쫓아내는 아테네 사람들을 용서할 수 없었다.

"그래, 이런 곳에 돌아오고 싶은 마음은 전혀 없어. 어디 두고 보라지. 내가 가게 될 곳이 어디든 그곳에서 최고의 예술을 펼쳐보이겠어."

가슴속에 쌓인 억울함은 이내 증오와 분노로 바뀌었다.

배는 곧 먼 바다로 나아갔다. 노를 거둬들이고 돛을 올렸다. 바람이 쌩쌩 불어 배는 쏜살같이 물결을 헤치며 앞으로 나아갔다. 배는 며칠 뒤 크레타에 도착했다.

크레타는 유명한 폭군이 다스리고 있는 섬이었다. 그 폭군의 이름은 미노스★. 그의 아버지는 제우스였다. 미노스가 다스리는 크레타는 강력한 힘을 가진 지중해 연안 국가 가운데 하나였다. 그는 함대를 중요시해서 국가의 재정이 허락하는 한 군함을 많이 만들었다. 그리고 지나가는 배들마다 통행세를 받았다. 뿐만 아니라 외적들을 잔인하게 물리쳐 국가의 재정을 튼튼하게 했다. 그의 치세하에 크레타는 최고의 영광을 누리고 있었다. 크레타의 수도 크노소스 역시 번영을 구가하고 있었다. 여기저기 신전이 세워지고 궁전과 집들이 곳곳에서 쑥쑥 건축되는 중이었다.

"크노소스가 부강하다는 것을 알면 사람들이 돈을 벌려고 이곳으로 몰려올 거야. 그들이 와서 활발하게 활동하면 크레타의 부는 더욱더 쌓이겠지. 으하하하하!"

미노스는 폭군이긴 했지만 지혜로운 자였다. 경제의 중요함을 잘 아는 그는 크레타에 많은 사람들이 와서 경제활동을 하기를 원했다. 그런 만큼 크레타에 오는 사람은 그게 누구든 반갑게 맞아주었다.

그런데 미노스의 마음속에는 크나큰 콤플렉스가 있었다. 크레타의 크노소스를 제아무리 아름답게 꾸미더라도 아테네를 따라잡을 순 없을 것 같았다. 사실, 아테네의 위용은 크노소스가 감히 넘볼 수 없을 만큼 대단했다. 아름다운 사원과 번쩍이는 예술품들은 그 수준이 달랐다. 미노스는 그 뛰어넘을 수 없는 격차가 못내 아쉬웠다.

"크레타를 아테네처럼 멋지게 꾸미고 싶지만 인재가 없구나. 인재가 없어."

한편, 항구에서는 입국 심사관들이 크레타에 새롭게 들어온 자들을 검문하고 있었다. 마침내 다이달로스 차례가 되었다.

"이름이 뭐요?"

"다이달로스라고 합니다. 아테네에서 추방당해 이곳에 왔습니다."

다이달로스의 명성은 이미 지중해 연안에 자자하게 퍼져 있었다.

"그대가 정녕 아테네 최고의 예술가 다이달로스입니까?"

"예, 맞습니다."

"그런데 추방되어 이곳에 왔다고요?"

"그렇습니다."

다이달로스는 억울하게 누명을 쓰고 쫓겨난 과정을 자세히 이야기했다. 그의 이야기를

《그리스 로마 신화》를 읽다 보면 미노스 이야기가 너무 다양하고 재미있다는 생각이 들어. 어떻게 한 개인이 이렇게 많은 일을 했나 감탄스러울 정도야. 물론 미노스가 위대한 왕이기는 하지만 미노스의 업적들은 기원전 2000년경 해양을 지배한 크레타의 위력을 보여주기 위해 상징적으로 표현된 거라고 봐야 해. 이야기의 재미를 극대화하기 위해 주변국을 모조리 점령하고 해양의 모든 이익을 취하면서 위대한 문명을 일군 것을 한 개인의 능력처럼 보이게 이야기한 거지.

들은 입국 심사관은 다급하게 지시를 내렸다.

"이봐라, 여기 이분을 잘 모시고 있어라. 얼른 궁전에 가봐야겠다."

그는 말을 타고 미친 듯이 궁전으로 달려갔다. 왕이 가장 바라는 것이 무엇인지 잘 알고 있었기 때문이다.

"왕이시여, 기쁜 소식입니다. 지금 항구에 누가 와 있는지 아십니까?"

"네가 감히 지금 나랑 시답잖은 말장난을 하려는 것이냐? 어느 안전이라고 호들갑이냐? 그래, 어디 한번 말해봐라. 신이라도 왔단 말이냐?"

"신 못지않은 사람이 왔습니다."

"도무지 무슨 말을 하는지 알아들을 수 없구나. 대체 누가 왔다는 것이냐?"

"이제 더 이상 아테네를 부러워하실 필요 없습니다. 왕께서 고민하던 문제를 해결해줄 사람이 왔습니다."

"허황된 소리 하지 마라. 우리가 어떻게 아테네를 따라잡는단 말이냐. 한두 사람의 힘으로 될 일이 아니다."

"대왕께서는 신하들에게 늘 말씀하셨지요. 아테네처럼, 아니 아테네보다 뛰어난 도시를 만들고 싶으시다고요. 이제는 소원을 이루실 수 있게 되었습니다. 아테네의 최고 장인이자 예술가인 다이달로스가 크레타에 왔습니다."

"정말이냐?"

"아테네에서 그를 추방했답니다. 대왕께서 거둬 후히 대하고 일을 맡기시면 소원을 이루실 수 있을 겁니다."

미노스는 허둥지둥 일어났다.

"지금 당장 만나야겠다."

왕이 직접 추방된 죄수를 만난다니, 파격적인 행보였다.

"여봐라, 당장 잔치를 열 준비를 해라. 입국 심사관, 너는 가서 당장 다이달로스를 데리고 와라."

"알겠습니다."

미노스는 궁전 문 앞까지 나가 마차를 타고 오는 다이달로스를 맞이했다. 그는 정말 대단한 예술가처럼 보였다. 눈빛과 얼굴에선 총기가 느껴지고, 듣던 대로 예술가로서의 품격도 엿보였다.

"어서 오시오, 다이달로스. 신께서 당신을 나에게 보내주신 것 같소."

"미천한 죄인을 이렇게 반갑게 맞아주시니 몸 둘 바를 모르겠습니다."

"아니오. 아니오. 어서 오시오. 이렇게 귀한 손님이 와서 얼마나 기쁜지 모르겠소."

미노스는 다이달로스의 손을 잡으며 반가움을 표시했다. 그러고는 따뜻한 물에 목욕을 하고 피로를 풀게 한 뒤 잔치가 벌어지는 곳으로 안내해 포도주를 대접했다.

"다이달로스, 그대의 명성을 익히 들어왔소. 이제 나와 함께 이곳에서 영원히 삽시다."

"감사합니다."

"내게는 평생 바라온 소원이 있소."

그러면서 미노스는 자신의 이야기를 들려주었다.

"나는 최고의 부와 권력을 이뤘다고 자부해왔소. 그래서 크레타에 오는 자들은 나의 부에 마땅히 존경을 표해야 한다고 생각했지. 그런데 아테네에 초대받아 갔을 때 나의 자존심은 무참히 깨져버리고 말았소."

"어찌하여 그러셨습니까?"

다이달로스는 이미 그 이유를 짐작하고 있었지만 물어봤다.

"내가 최고라고 생각했던 크레타의 신전과 크레타의 궁과 크레타의 도로와 크레타의 성벽은 아테네에 비하면 너무나 부끄러운 상태였소. 그곳의 건물과 조각품과 예술품, 그림은 물론 아테네 사람들이 입고 있는 고급스러운 옷과 먹거리까지 모든 게 놀랍더군. 그 화려함과 그 사치스러움에 대보니 우리 크레타는 마구간이나 다름없었소. 아무리 돈이 많으면 뭐 하겠소. 기술 있고 예술성 있고 재능 넘치는 자라면 다들 아테네로 모여드는데. 무슨 수를 써도 아테네는 도저히 꺾을 수 없단 말이지. 예술가만이 아름다움을 만들 수 있소. 그리고 그 아름다움을 만들어내는 재능은 신이 선사하는 것이지."

다이달로스는 미노스의 말에 고개를 끄덕였다. 미노스의 이야기는 계속됐다.

"아테네에서 만나는 사람마다 붙잡고 물어봤소. 이 조각은 누가 만들었느냐? 다이달로스의 작품입니다. 저 신전은 누가 만들었느냐? 다이달로스가 설계했습니다. 이 도로는? 이 궁전은? 다이달로스입니다. 미쳐버릴 것 같았소. 사방에 울려 퍼지는 그대의 이름에 나는 그날 밤 잠까지 설쳤소. 나는 그대가 위대한 예술가이며 훌륭한 조각가이며 천재적인 화가일 뿐만 아니라 신의 경지에 오른 발명가라는 사실을 알게 되었지. 아테네에서 한 달 동안 머물다가 크레타에 돌아왔을 때 나는 차마 고개를 들 수 없었소. 크레타가 너무나 초라하고 촌스럽고 덜떨어져 보이더군. 황금 덩어리가 굴러다니고 항구에 군함이 가득하면 무엇하겠소? 힘만 무지막지하게 셀 뿐, 수준은 낮다는 생각이 들지 않겠소? 그때부터 나는 그대를 나의 사람으로 만들 수만 있다면 소원이 없겠다고 바라왔소. 오랜 기간 그 꿈을 이루지 못했는데, 그대가 스스로 크레타를 찾아와주다니 어찌 신들께 감사하지 않을 수 있겠소?"

다이달로스는 자리에서 일어나 예를 갖췄다.

"미천한 저를 이토록 귀하게 여겨주시니 몸 둘 바를 모르겠습니다."

"부디 이곳에 머물면서 촌스럽고 보잘것없는 크레타를 아름답게 바꿔주시오. 예술품이 가득한 곳으로 꾸며주시오. 사람들의 수준을 올려주시오. 돈이라면 얼마든지 쓰겠소이다."

예술가의 가장 큰 기쁨은 충분한 돈을 대준다는 후원가를 만나는 것이다. 다이달로스는 아테네에서 추방당한 위기가 도리어 자신의 예술혼을 펼칠 소중한 기회가 되었음을 깨달았다. 이곳에서 새로운 삶이 열릴 거라는 생각이 들었다.

미노스는 잔을 높이 들어 올렸다.

"자, 최고의 예술가 다이달로스를 위해 모두 축배를 듭시다."

그들은 그날 밤새도록 연회를 즐겼다.

11

추락하는 이카로스

막대한 권력을 가진 미노스는 사람들의 마음을 꿰뚫어보는 재주가 있었다. 그는 멀리 아테네에서 온 다이달로스의 마음을 사는 데는 아름다운 여인이 가장 좋은 방법이라고 생각했다.

“다이달로스, 그대는 아테네에서 가족과 떨어져 이곳까지 오지 않았소?”

“예, 아직 자식은 없고 아내만 그곳에 있습니다. 하지만 제가 예술에 빠져 있느라 부부 사이의 사랑이 그다지 깊지 않아서 이렇게 떨어져 있다 보면 곧 다른 남자를 만날 것 같습니다.”

“다행이오. 키클라 출신의 아름다운 여인이 있소. 크레타의 모든 청년들이 그 여인의 배필이 되기를 원해왔지. 그 여인을 그대의 배필로 맞는 게 어떻겠소?"

미노스가 불러온 소녀 나우크라테는 참으로 아름다웠다. 비록 왕의 명령으로 만나게 되었지만 멋진 근육질 몸에 남자다운 기상이 출중한 다이달로스를 보자마자 그녀는 순식간에 사랑에 빠지고 말았다. 게다가 왕이 보증하는 자이니 이보다 좋은 배필을 맞을 수는 없을 거라는 생각도 들었다. 크레타에서 살게 된 다이달로스는 나우크라테와 부부로서 연을 맺게 되었다.

다이달로스가 제자들과 기술자들을 모아 자신의 재주를 펼치며 매일같이 바쁜 시간을 보내는 동안 나우크라테는 결혼한 지 1년 만에 잘생긴 아들 이카로스를 낳았다. 다이달로스는 뛸 듯이 기뻤다. 사랑스러운 아들까지 얻고 나니 이곳 크레타에서 자신의 능력을 최대한 발휘해야겠다는 생각이 더욱더 강해졌다. 밤낮없이 일하던 그는 아내와 아들과 조금이라도 더 시간을 보내기 위해 작업장에 항상 아내와 아들을 데리고 출근했다. 작업하다가 시간이 나면 그들은 산책을 하고 맛있는 것을 먹으며 함께 시간을 보냈다. 그는 아내와 아들에게 자신이 만든 예술 작품을 보여주며 설명해주는 것을 좋아했다. 그렇게 대화가 끊임없이 이어지면서 부부관계는 점점 더 돈독해졌다. 아들 이카로스는 그림과 예술과 건축에 대한 안목이 자연스레 높아졌다. 한마디로 예술 영재교육을 받은 셈이다.

"아빠, 나도 아빠처럼 위대한 예술가가 되고 싶어요."

"장하구나, 우리 아들. 내가 그렇게 될 수 있도록 너를 도와주마."

이카로스를 보면 죽은 탈로스가 떠올라 다이달로스는 더욱 많은 사랑을 퍼부었다. 그렇게 20여 년의 시간이 흘렀다. 크레타는 아름다운 예술품으로 가득 찼다. 아테네가 부럽지 않을 지경이었다. 그 모든 것들의 뒤에는 천재 예술가 다이달로스가 있었다.

그 무렵, 크레타에 괴물이 하나 나타났다. 괴물의 이름은 미노타우로스. 인간의 몸에 황소의 머리와 꼬리를 지닌 흉측한 모습의 미노타우로스는 사람들을 잡아먹는 잔인한 괴물이었다. 천신만고 끝에 미노타우로스를 잡은 미노스는 다이달로스에게 말했다.

"저 괴물이 언제 감옥을 부수고 나와 우리 크레타 사람들을 잡아먹을지 몰라 걱정이오. 한번 들어가면 영원히 나올 수 없는 감옥을 만들어주시오."

다이달로스에게 불가능은 없었다. 한참 동안 고심하던 그는 미궁을 설계하기 시작했다. 평면적으로 여러 갈래로 길을 만들었을 뿐만 아니라 땅을 파고 다리를 놓아 위아래로도 움직일 수 있지만 한번 간 방향으로는 다시 돌아 나올 수 없도록 미로를 설계했다. 누군가 설계도를 보고 나오는 길을 알아낼까 봐 걱정한 다이달로스는 도면을 잘라 부분부분 공사하기 시작했다. 공사를 맡은 인부라 할지라도 자기가 맡은 곳만 알 뿐, 나머지 부분은 모르기에 미궁에 들어가면 그 누구도 빠져나올 수 없었다. 미궁이 완성되자 가장 깊숙한 곳에 미노타우로스를 가뒀다.

그냥 죽여버렸으면 간단할 것을 왜 이렇게 복잡한 미로를 설계해가며 미노타우로스를 가둬두려 한 것일까? 거기에는 이유가 있었다. 미노스는 꾀가 많은 자였다. 그는 외적이 쳐들어오면 미노타우로스를 풀어서 외적들을 해치워야겠다고 생각한 것이다. 끔찍한 괴물은 그렇게 하여 미궁에 갇히게 되었다.

한편 아테네에 쳐들어간 미노스는 항복을 받아들이는 대가로 해마다 남녀 각각 일곱 명의 젊은이를 바치라고 했다. 그리고 이들을 미궁 속 미노타우로스에게 제물로 바쳤다. 이후 수년간 꽃다운 아테네 젊은이들이 미궁에 바쳐져 미노타우로스에게 잡아먹혔다. 아테네 사람들은 자신의 아들딸이 잡혀갈까 봐 두려움에 떨었다. 이를 보다 못한 테세우스가 나서 미노타우로스를 죽여버렸다. 이 과정에도 다이달로스의 도움이 있었다. 아테네 청년들이 미노타우로스에게 제물로 바쳐지는 것을 보면서 가슴 아파하던 다이달로스가 테세우스를 도와준 것이다. 다이달로스가 설계한 미궁은 그 누구도 빠져나올 수 없는 곳인데, 테세우스는 미노스의 딸 아리아드네가 몰래 건네준 실뭉치 덕분에 무사히 빠져나올 수 있었다. 그리고 이 방법을 공주에게 알려준 것은 다름 아닌 다이달로스 본인이었다. 이 사실을 알게 된 미노스는 화가 머리끝까지 치밀었다. 그는 소리쳤다.

"당장 다이달로스를 잡아다가 미궁에 가둬라. 칼로 흥한 자는 칼로 망하고 미궁을 만든 자는 미궁에 갇혀 죽을 것이다. 그의 아들도 함께 가둬라."

이카로스와 다이달로스는 미궁에 갇혀버리고 말았다. 인생의 아이러니였다. 다이달로스는 자기가 설계한 미궁에서 빠져나올 방법을 도저히 찾을 수 없었다. 이미 도망쳐버린 테세우스가 돌아와 구해줄 리도 없었다. 게다가 그곳에서는 그가 좋아하는 예술 활동은 물론 아무것도 할 수 없었다. 다이달로스는 매일 눈만 뜨면 아들과 함께 어떻게 하면 이곳에서 탈출할 수 있을지 이야기했다.

"아버지, 성벽을 올라가서 담벼락 위로 걸어가면 되지 않을까요?"

"불가능해. 내가 그럴 줄 알고 성벽 위에다가 못을 박아놓기도 하고 함정을 파놓기도 했거든."

"아, 지하 동굴을 파는 건 어떨까요?"

"땅 밑에 지하수가 흐르도록 만들었단다. 잘못 파면 물이 터져 나와 빠져 죽을 거야."

뛰어난 솜씨가 자신을 죽이게 된 셈이었다. 미궁을 빠져나갈 방법을 도저히 찾을 수 없자 다이달로스는 절망했다. 모든 것을 포기하고 체념하고 있는데, 이카로스가 하늘을 바라보며 말했다.

"우리가 저 새들처럼 날 수 있다면 이곳에서 빠져나가는 건 문제도 아닐 텐데요. 우리는 저 새 한 마리만도 못한 존재 같아요. 아무리 예술을 사랑하고 수없이 많은 건축물과 예술품을 만들면 뭐 합니까. 새 한 마리만도 못한 것을. 왜 신은 인간에게 날개를 주지 않았을까요? 자신들만 날기 위해서 인간들에게서 날개를 빼앗아간 것 같아요."

다이달로스는 그런 아들을 쓰다듬으며 말했다.

"아들아, 그래도 인간에게는 생각할 머리가 있지 않느냐? 생각하다 보면 방법을 찾아내는 법이다. 문제가 있으면 해결책도 있는 법이야."

다이달로스는 그렇게 말하면서 새들을 관찰했다. 새들이 날갯짓하는데 상승기류를 맞을 때면 날개를 펴고만 있어도 하늘로 날아오르는 게 아닌가.

"아, 인간도 저렇게 바람을 받아낼 날개가 있으면 날 수 있겠구나."

순간, 다이달로스에게 좋은 아이디어가 떠올랐다.

"이카로스, 나에게 좋은 아이디어가 떠올랐다."

두 사람은 머리를 맞대고 의견을 나누며 양피지에다 설계도를 그렸다. 그러나 아무리 좋은 아이디어가 있다 한들 누군가의 도움이 없었으면 척박한 미궁에서는 그 무엇도 이뤄낼 수 없었을 것이다. 다행히도 다이달로스에게는 기댈 곳이 있었다. 바로 미노스의 아내 파시파에 왕비였다. 왕비는 한 달에 한 번씩 다이달로스를 찾아왔다. 비록 미노타우로스를 죽인 뒤 테세우스가 자신의 딸 아리아드네를 데리고 떠나 미노스의 노여움을 샀지만, 그녀는 그들을 도와준 다이달로스의 마음을 충분히 이해할 수 있었다. 마음씨 착한 파시파에는 위대한 예술가가 죄인처럼 미궁에 갇혀 있는 게 안타까웠다. 그래서 시간 날 때마다 먹을 것을 들고 다이달로스를 찾아와 한참 동안 이야기를 나누다 가곤 했다.

파시파에는 미궁에 들어올 때면 긴 실타래를 가져왔다. 바로 다이달로스가 그녀의 딸에게 알려준 방법이었다. 미궁 입구에 실을 매어놓고 살살 풀며 들어갔다가 그 실을 되감으며 길을 찾았다. 그러지 않았으면 그녀 역시 미궁에서 길을 잃었을 것이다.

다이달로스는 자신을 찾아온 파시파에 왕비를 보자 간절하게 눈물을 흘리며 말했다.

"왕비님, 저는 이곳에 갇혀 죽는 것이 두려운 게 아닙니다. 허송세월하며 빈둥빈둥 시간을 보내는 것이 더 괴롭습니다. 크레타는 아직 제가 계획한 것만큼 아름다운 곳이 되지 못했습니다. 크레타를 모두들 부러워할 만한 완벽한 모습으로 만들고 죽는 것이 저의 꿈입니다."

파시파에는 미궁에 갇혀서도 자신의 예술혼을 불태우는 다이달로스가 참으로 위대하게 느껴졌다.

"오, 다이달로스. 그대는 내가 만난 최고의 예술가입니다. 이렇게 미궁에 갇혀 있으면서도 못다 펼친 당신의 예술혼 때문에 괴로워하는군요."

"왕비님, 저를 꺼내주십시오. 저를 여기에서 나가게 해주십시오."

"제가 당신을 몰래 꺼내주더라도 왕이 계속 지켜보고 계시니 바로 잡혀버릴 거예요. 그보다 좋은 소식이 있어요."

"무슨 소식입니까?"

"그대의 고향 아테네에서 전해온 소식이에요. 당신이 구해준 테세우스가 왕이 되었답니다. 그러니 왕의 자격으로 미노스 왕에게 당신을 풀어달라고 부탁하지 않을까요?"

"아, 그러면 이제 저도 고국으로 갈 수 있게 되겠군요."

"당신을 추방했던 왕이 물러나고 테세우스가 왕이 되었으니 가능할 거예요."

"하지만 미노스 왕이 돌려보내주지 않을 수도 있지요."

"저도 그게 걱정이에요. 미노스 왕은 당신이 아테네로 갈까 봐 이곳을 철저히 지키고 있어요. 운 좋게 이곳을 빠져나가더라도 금방 경비병에게 들킬 거예요. 설령 도망가더라도 항구를 철저히 지키고 있어서 배를 타고 나가는 것도 불가능해요. 쥐 새끼 한 마리도 배를 타고 빠져나갈 수 없을 정도로 철두철미하게 지키고 있답니다. 당신을 자유롭게 해주고 싶지만 나로서는 방법이 없군요."

착한 왕비는 눈물을 흘리며 안타까워했다.

"왕비님, 걱정하지 마십시오. 왕비님은 제 편이시지요? 왕비님을 믿고 말씀드리겠습니다. 제게 계획이 있어요."

다이달로스는 설계도를 보여주었다. 거기엔 커다란 날개가 달린 사람이 그려져 있었다.

"저는 하늘을 날아서 이곳을 탈출할 생각입니다."

"당신이 무슨 일이든 이뤄낼 수 있는 분이라는 걸 알지만 어떻게 날개를 만든단 말이에요."

"걱정 마세요, 왕비님. 제게 오실 때마다 음식을 가져오시던 바구니에 새의 깃털을 담아다 주세요. 백조와 독수리, 황새의 깃과 날개 털이 필요합니다. 깃털들을 모아다 주시면 제가 날개를 만들겠습니다."

파시파에는 깜짝 놀랐다.

"당신이 신에 못지않은 기술을 가지고 있다지만 그런 일이 가능할 리 없어요. 불가능해요."

"왕비님, 저를 믿어주세요. 저는 불가능을 가능으로 만드는 뛰어난 기술자입니다. 저를 돕고 싶다면 그 일만 해주시면 됩니다. 자신 있습니다."

"알겠어요."

파시파에는 인간이 정말 날 수 있을지 보고 싶었다. 그것이 가능하다면 오직 다이달로스만이 할 수 있을 거라고 생각했다. 파시파에는 다음 날 다시 다이달로스를 찾아왔다. 바구니에 깃털을 가득 모아서 온 것이다. 그녀는 한참 동안 이야기를 나누다가 돌아갔다. 물론 미노스는 이 사실을 알지 못했다.

다이달로스는 깃털들을 모아 분류한 뒤 설계도를 펼쳤다. 바닥에 놓인 설계도에 따라 우선 가벼운 나무로 뼈대를 만들었다. 미궁 안에는 수없이 많은 꽃들이 피어 있어서 벌집이 많았다. 벌집을 털어서 솥에 넣고 가열하면 밀랍이라는 끈끈한 접착제가 된다. 그렇게 모은 밀랍으로 깃털들을 하나씩 꼼꼼하게 붙였다. 뼈대에 깃털을 하나하나 붙여나가자 마침내 새의 그것과 똑같은 형태의 멋진 날개가 만들어졌다. 펼치면 2미터가 넘어 사람의 무게를 지탱할 수 있을 만큼 커다란 날개였다. 게다가 그 날개는 더없이 아름다웠다. 다이달로스는 날개에 가죽끈을 달아 틀과 몸통을 묶어서 사람의 몸에 고정시킬 수 있게 했다. 다이달로스는 자신이 만든 날개를 이카로스의 팔과 어깨와 다리에 꽁꽁 묶었다. 그러자 이카로스는 마치 날개 달린 인간처럼 보였다.★

"아들아, 펄럭여봐라."

이카로스가 날개를 힘껏 펄럭이자 바람이 거칠게 불며 몸이 뜨려고 했다.

"이제 되었다. 한번 힘을 줘봐라. 팔다리를 동시에 움직여야 한다."

팔다리를 몇 번 휘젓자 이카로스의 몸이 허공에 떠올랐다.

"아버지, 날아오를 수 있어요. 별로 힘도 안 들어요."

"그렇구나. 사람의 힘이 열 배로 강화되도록 도르래를 달았단다. 그 덕분이지."

몇 개의 도르래에 힘을 분산해 조금만 움직여도 날개가 펄럭였다. 부자는 마침내 날개 옷을 만들어 입었다. 사다리를 놓고 성벽 위에 올라간 다이달로스는 바람의 방향을 살펴보았다.

"오늘은 아니다. 바람이 아테네 쪽으로 불고 있지 않아. 내일을 기약하자."

그렇게 일주일이 지났다. 계절의 변화에 의해 바람이 아테네 쪽으로 불기 시작했다. 바람을 기다리는 동안 하늘을 날아오르는 연습을 하면서 이카로스와 다이달로스의 팔과 다리에는 탄탄한 근육이 생겼다.

"아들아, 드디어 우리가 바라던 바람이 분다. 이제 여행을 떠나야 할 시간이 된 것 같다. 바람을 제대로 타기만 하면 큰 힘 들이지 않고 아테네까지 갈 수 있을 것이다. 하지만 주의해야 할 게 있다. 너무 낮게 날면 저 바다에 빠질 것이다. 바다의 왕 포세이돈이 우리를 제물로 삼지 않게 조심해야 한다."

"아버지, 그러면 높이 날아오를까요?"

"아니다. 그것도 위험하다. 너무 높이 날아오르면 태양열에 밀랍이 녹을 수도 있다. 아주 천천히 힘을 아끼면서 날아야 한다. 황새들을 생각해봐라. 황새들은 자신이 원하는 고도에 올라갈 때까지만 날갯짓을 하고 그 뒤로는 날개를 펼친 채 가만히 바람의 힘을 타고 날

인간이 대지에서 발을 떼고 새처럼 날고 싶다는 욕망을 가진 지는 정말 오래되었어. 뛰어오르는 동작은 바로 그런 욕망을 드러내는 가장 손쉬운 방법이었지. 뛰어오르는 춤동작은 하늘을 날고 싶어 하는 인간의 욕망을 표현한 예술이라고 할 수 있어. 인간에게 있어 하늘을 난다는 것은 남과 다르게 성장하고 한계를 뛰어넘는다는 의미를 갖고 있어. 인간은 100년도 못 살고 죽는 존재이지만 영원히 살고 싶다는 욕망을 갖고 있잖아. 이와 일맥상통한다고 볼 수도 있지. 이를 이루기 위해 인간은 부단히 노력했어. 하늘을 나는 인간의 이야기는 동서양에 걸쳐 쉽게 찾아볼 수 있어. 우리나라에도 비차를 발명해 임진왜란 때 왜군과 싸웠다는 기록이 있을 정도야. 날고 싶다는 인간의 욕망은 라이트 형제가 비행기를 발명하면서 마침내 이뤘어.

아간단다. 우리도 그렇게 해야 한다. 그렇게 하면 분명히 아테네까지 갈 수 있을 것이다."★

"알겠습니다. 아버지."

"아테네로 가도 테세우스가 우리를 반겨줄지 알 수 없고, 미노스 왕이 우리가 아테네로 도망친 것을 빌미로 전쟁을 일으킬지도 모르지. 하지만 어쩌겠느냐? 일단 고향으로 가보자."

바람이 휭하니 불어오자 먼저 다이달로스가 성벽 위에서 팔을 몇 번 구부렸다 폈다 했다. 책 한 권 들어 올릴 정도의 힘이지만, 그 힘이 증폭되면서 다이달로스는 가볍게 하늘 위로 날아올랐다. 그 모습을 본 이카로스도 금세 하늘로 날아올랐다.

"아버지, 같이 가요."

그들은 날개를 펄럭여 순식간에 하늘 높이 올라갔다. 그러곤 바람을 타고 아테네 쪽으로 향했다. 미노스의 궁전이 저 아래 보였다. 까마득하게 내려다보이는 궁전에서 파시파에가 발코니에 나와 있는 모습이 눈에 띄었다. 그들의 계획을 모두 알고 있는 그녀는 하늘을 날아가는 커다란 인간 새를 바라보며 손을 흔들었다.

"무사히 가세요, 다이달로스. 당신은 정말 위대한 예술가입니다."

그 순간, 등 뒤에서 미노스의 목소리가 들렸다.

"여보, 누구와 얘기하는 거요?"

파시파에가 깜짝 놀라 뒤를 돌아보자 미노스가 하늘을 바라보며 두 눈을 비볐다.

"아니, 저게 누구요? 내가 미궁에 가둔 다이달로스와 이카로스 아니오?"

"아닙니다. 저들은 사람이 아니라 신입니다. 사람이 어찌 하늘을 날겠습니까?"

미노스는 긴가민가하면서 하늘을 봤다. 제아무리 다이달로스라 해도 하늘을 날 수 있으리라는 생각은 들지 않았다. 게다가 그를 가둬 놓은 곳은 아무것도 없는 미궁 아닌가. 무에서 유를 창출할 수는 없는 법이다. 한편, 파시파에는 자신의 도움으로 두 사람이 자유로워졌다는 사실에 크게 만족했다.

다이달로스는 키클라데스제도의 첫 번째 섬을 지나 계속 날아갔다. 아폴론 신전이 있는 델로스섬을 지나자 마침내 지중해가 펼쳐졌다. 바람을 타고 바다를 건너갈 수만 있다면 그대로 고향에 닿을 것이다. 두 사람은 바람을 타고 순조롭게 날아가고 있었다.

이카로스는 흥분을 감추지 못했다.

"야호! 아버지, 이 날개는 정말 멋져요. 제가 꼭 새가 된 것만 같아요. 온 세상이 제 아래 있어요."

팔을 몇 번 펄럭이자 점점 고도가 높아졌다.

"아들아, 너무 높이 올라가지 마라. 위험해."

다이달로스 이야기는 우리에게 큰 깨달음을 줘. 한마디로 욕심을 과하게 부리지 말라는 이야기지. 일이 잘 되더라도 적당한 선에서 만족할 줄 알아야 해. 자신의 업적에 너무 집중하다 보면 크게 낭패를 보게 마련이거든. 다이달로스 이야기를 되새겨 볼까. 너무 낮게 날면 날개가 습기를 먹어 깃털이 흩어져 바다에 빠지게 되지. 반대로 너무 높이 날아오르면 태양열에 밀랍이 녹아 날개가 부서져 땅에 떨어지게 될 거야. 너무 높지도 않고 너무 낮지도 않게, 적절하게 비행해야 원하는 바를 이룰 수 있는 거지. 모든 일에는 이렇게 지켜야 할 적당한 선이 있게 마련이란다.

"아버지, 여기가 더 좋은 것 같아요."

"아들아, 우리는 지금 놀러 나온 게 아니다. 우리는 살기 위해 목숨을 걸고 고향으로 가는 길이야. 내 말을 들어라."

그러나 혈기 왕성한 청소년기의 아들이 아버지의 말을 순순히 들을 리 없었다. 이카로스는 너무 신이 나서 날갯짓을 몇 번 더 했다. 조금씩 위로 올라갈수록 몸이 따뜻해지는 게 기분이 좋았다. 겁 없고 용감한 이카로스는 이왕 날아가는 거 모험을 즐기고 싶었다. 이카로스는 어디까지 올라갈 수 있는지 시험해보고 싶어서 날갯짓을 몇 번 더 했다. 이카로스는 다이달로스가 개미 새끼처럼 보일 만큼 순식간에 높이 날아올랐다. 이카로스는 흥분해서 소리쳤다.

"야호! 나는 이 세상의 왕이다."

그런 아들을 보며 다이달로스는 목이 터져라 외쳤다.

"아들아, 위험하다. 내려와라, 제발."

그때 바람이 상승기류로 바뀌기 시작했다.

"아버지, 이제 내려갈게요."

이카로스가 아래쪽으로 날갯짓을 했지만 소용없었다. 밀어 올리는 바람이 더욱더 거세졌기 때문이다. 이런 상황에 새들은 날개를 접어서 밑으로 내려오는데, 이카로스가 달고 있는 날개는 새들의 그것처럼 접히지 않고 오직 펼쳐지기만 했다. 불행이 시작됐다. 바람은 태양을 향해 이카로스를 밀어 올렸다. 이카로스의 몸은 더욱더 뜨거워졌다. 상승기류 밑에 있던 다이달로스는 목이 터져라 외쳤다.

"아들아! 내려와라! 돌아와라!"

다이달로스의 목소리는 멀리 울려 퍼지며 메아리가 되었다. 태양에 가까워지자 이카로스의 날개에서 밀랍이 녹기 시작했다. 그러자 깃털이 하나둘씩 떨어져 나갔다. 이카로스는 두려웠다. 하지만 바람은 무심하게 이카로스를 더욱 높이 밀어 올릴 뿐이었다. 마침내 모든 깃털이 떨어져 나가고 이카로스의 몸에는 가벼운 나무로 만든 틀만 남았다.

"아아악!"

이카로스는 몸무게를 견디지 못하고 땅으로 떨어지기 시작했다. 다이달로스는 무시무시한 속도로 떨어지는 아들을 보고는 재빨리 쫓아가 붙잡으려 했다. 그는 날개를 퍼덕이며 아들이 떨어지는 곳을 향해 날아갔다. 하지만 한 발 늦은 뒤였다.

"아들아!"

그가 내민 손이 이카로스의 손을 스치며 이카로스는 깊은 바다에 그대로 빠지고 말았다. 다이달로스는 황급히 눈앞에 보이는 섬에 착륙해서 날개 옷을 벗고는 물속으로 헤엄쳐 들어갔다. 바다의 신이 불쌍히 여겼는지 죽은 아들은 물속에 가라앉지 않고 고래들이 받쳐주어 바다에 떠 있었다.

"아들아, 그러게 내 말을 들었어야지……."

다이달로스는 흐느끼면서 아들의 시신을 끌고 나와 섬에 묻어주었다. 통곡하는 아버지의 심정을 아는지 모르는지 갈매기들은 끼룩거리며 날아다녔다. 이카로스를 묻은 섬은 그리하여 이카리아라고 불리게 되었다. 이카로스는 무모하지만 불가능에 도전한 용맹함의 상징이 되었다.

아들의 무덤 앞에서 한참 슬퍼하던 다이달로스는 마침내 다시 날개 옷을 입었다. 그는 멀리멀리 떠나고 싶었다. 이 상황에서 그가 할 수 있는 것은 오직 이 불행한 섬에서 멀어지는 것뿐이었다.

"신들이시여, 정말 무심하시군요."

그는 아테네로 가려던 계획을 접었다. 다이달로스는 서쪽으로 날아갔다. 한없이 날아가다가 그는 시켈리아에 닿았다. 시켈리아섬 해안가에 내려온 다이달로스는 날개 옷을 벗어 땅바닥에 내팽개치며 소리쳤다.

"내가 쓸데없는 것을 만들어서 내 귀한 아들을 죽게 했구나. 세상에서 가장 어리석은 자가 바로 나로구나."

그는 바위를 들어 자신이 입고 있던 날개 옷을 산산이 부숴버렸다. 그러나 산 사람은 살아야 하는 법이다. 다이달로스는 지친 몸으로 코칼로스 왕의 궁전을 찾아가 문지기에게 말했다.

"다이달로스가 찾아왔다고 전해주시오. 왕을 위해 일하고 싶소."

미노스와 마찬가지로 코칼로스도 다이달로스를 기쁘게 맞아주었다. 누구나 그를 반길 만큼 다이달로스의 명성은 지중해 연안에 자자했다. 다이달로스는 코칼로스 밑에서 성벽을 쌓기도 하고 예술품을 만들기도 하고 궁전을 꾸미기도 했다.

한참 시간이 흐른 뒤, 미노스는 하늘을 날던 것이 신이 아니라 미궁에서 빠져나온 다이달로스와 그의 아들이라는 것을 알게 되었다.

"다이달로스를 찾아라. 지중해의 조약돌 하나하나를 뒤집어서라도 반드시 찾아와라."

함대가 출동했다. 미노스는 다이달로스 한 사람을 죽이려는 게 아니었다. 그의 뛰어난 능력을 다른 나라가 차지한다고 생각하면 도저히 견딜 수 없었다. 하지만 어느 나라에 가도 다이달로스를 봤다는 사람이 없었다. 미노스는 생각했다.

'그 누구도 다이달로스처럼 뛰어난 자를 순순히 내줄 리 없지. 당연히 꽁꽁 숨겨놓고 없다고 할 거야. 그렇다면 꾀를 내야겠구나.'

미노스는 제우스의 아들로, 트리톤에게 선물 받은 소라 껍데기가 하나 있었다. 트리톤은 바다의 신으로, 소라 껍데기 나팔을 즐겨 불었다. 미노스는 트리톤과 형제 격이라 이런 귀한 선물을 받은 것이다. 이 나팔을 불면 소라 껍데기 구멍에서 나오는 소리가 파도를 일으키고 비바람을 불러왔다. 미노스는 이 소라 껍데기를 주면서 주변 모든 나라를 돌라고 함대 사령관에게 명했다.

"이 소라 껍데기에 실을 꿰는 자에게 큰 상을 내리겠다고 해라."

"알겠습니다."

함대는 이 나라 저 나라 다니며 소라 껍데기에 실을 꿸 수 있는 자가 있느냐고 물어봤다.

"여기에 실을 꿰는 자는 우리 왕께서 크나큰 선물을 내리신답니다."

그러나 복잡하기 짝이 없는 소라 껍데기 구멍에 실을 꿸 수 있는 사람은 아무도 없었다. 그건 사람이 할 수 있는 일이 아니었다. 소라 껍데기에 실을 꿰는 사람에게 후한 상을 줄 거라는 소문이 온 지중해에 퍼졌다. 함대는 마침내 시켈리아에 도착했다. 그들은 코칼로스 왕에게 소라 껍데기를 보여주며 말했다.

"미노스 왕께서 이 복잡한 구멍에 실을 꿸 수 있는 자가 있으면 큰 선물을 주겠다고 하셨습니다."

코칼로스는 수수께끼를 좋아하기로 유명했다.

"맡겨놓고 가시오. 내일까지 내가 꿰어보겠소."

"좋습니다."

미노스의 소라 껍데기를 놔두고 가자 코칼로스는 그것을 다이달로스에게 가지고 갔다. 물론 그 물건이 어디에서 온 것인지는 밝히지 않았다.

"이 구멍 안에 실을 꿰려고 하는데 가능하겠소?"

"어렵지 않습니다."

다이달로스는 기다란 막대기에 꿀을 묻혀 소라 껍데기 구멍 안에 조금씩 발라놓았다. 그리고 맨 끄트머리의 작은 구멍으로 개미 한 마리를 집어넣었다. 개미 허리에는 명주실을 감아놓았다. 구멍 안으로 들어간 개미는 꿀 냄새를 맡으며 뱅글뱅글 돌아 마침내 커다란 입구로 나왔다. 개미가 나오자 허리에 묶여 있던 명주실을 끊어 다른 쪽 끝과 연결하자 소라 껍데기 안에 실이 꿰어졌다.

"왕이시여, 소라 껍데기에 실을 꿰었습니다."

코칼로스는 크게 기뻐하며 다음 날 찾아온 함대 사령관에게 실을 꿴 소라 껍데기를 건네주었다.

"아, 진짜로 실을 꿰었군요. 약속대로 선물을 드리겠습니다."

사령관은 금은보화가 가득 들어 있는 상자를 내려놓고 서둘러 미노스에게 돌아갔다. 소라 껍데기에 실이 꿰어 있는 것을 보자 미노스는 대번에 알아차렸다.

"이 일을 할 수 있는 자는 다이달로스뿐이다. 다이달로스가 시켈리아에 있었구나. 어서 사신을 보내라. 다이달로스를 내놓지 않으면 쳐들어가겠다고 해라."

코칼로스에게 무시무시한 소식이 전해졌다. 다들 포기한 수수께끼를 풀었다며 기뻐하던 코칼로스는 자기가 다이달로스를 데리고 있다는 사실을 들키자 당황했다. 미노스는 성급하고 호전적이기로 유명했다. 자칫하면 전쟁이 벌어져 온 나라가 쑥대밭이 될 것이 분명했다. 당황한 그는 신하들을 불러 대책을 물었다.

"다이달로스를 포기할 순 없다. 저 잔인한 미노스 왕에게 위대한 예술가를 내줄 순 없는 일이야. 어떻게 하면 좋겠느냐?"

그때 꾀 많은 신하 하나가 말했다.

"미노스 왕에게 이곳으로 오라고 하십시오. 직접 다이달로스를 데려가라고 하면 기꺼이 올 겁니다."

신하는 그러고 나서 어떻게 해야 할지 자세히 설명했다. 코칼로스는 신하의 재기 넘치는 방법에 크게 만족했다.

"알았다. 네 말대로 하마."

그들은 철저히 준비한 뒤 미노스에게 전갈을 보냈다.

"코칼로스 왕의 전갈입니다. 다이달로스를 묶어놓을 테니 대왕께서 오셔서 직접 데려가시랍니다."

"그래? 그자가 도망쳐봐야 내 손안이지. 당장 가자."

미노스는 군사들을 이끌고 기세당당하게 시켈리아로 향했다. 여차하면 전쟁을 일으킬 생각이었다.

코칼로스는 미노스를 극진하게 맞았다.

"어서 오십시오, 대왕. 그대의 명성은 익히 듣고 있었습니다. 우선 피로를 푸시지요."

"되었소. 그보다 다이달로스 그자는 어디 있소?"

"꽁꽁 묶어놓았습니다. 피로를 푸시고 나서 연회장에 불러다가 맘껏 조롱한 뒤 끌고 가시지요."

"좋소. 나를 능멸한 다이달로스를 내가 직접 끌고 가겠소."

준비해놓은 화려한 방에 들어간 미노스는 호위병들을 욕실 밖에 세워놓은 뒤 욕조에 들어갔다. 미노스는 포도주가 섞인 향긋하고 따뜻한 물에 몸을 담그고 편안하게 쉬었다. 호위병들이 바깥을 지키고 있으니 마음 놓고 모처럼의 긴 항해로 쌓인 피로를 풀고 있을 때였다. 욕실 안쪽에 있는 비밀 문이 조용히 열리더니 건장한 장정 둘이 펄펄 끓는 물이 가득 담긴 항아리를 가지고 들어왔다. 그들은 벌거벗은 채 욕조 안에서 설핏 잠들어 의식이 가물가물한 미노스 위에다 끓는 물을 쏟아버렸다.★ 끓는 물이 두 항아리나 퍼부어지자 미노

욕조 안의 미노스에게 들이부어진 것이 뜨거운 물이라는 이야기도 있고 뜨거운 역청이라는 이야기도 있어. 역청은 오늘날의 원유라고 보면 돼. 끈끈한 원유 덩어리를 쏟아부어 죽였다는 이야기에서 이때 이미 그리스 인근에서 석유가 나고 있었음을 짐작할 수 있어. 역청은 《성경》에도 많이 언급돼 있어. '꺼지지 않는 불'이라는 말을 보면 땅에서 자연스럽게 석유가 배어 나왔음을 짐작할 수 있지. 신화 시대에 이미 지중해 연안에서 석유가 채굴되고 있었던 거야.

스는 온몸에 화상을 입었다.

"으아악!"

욕조 바깥으로 뛰쳐나온 미노스는 온몸을 부들부들 떨었다. 그러나 욕실 문은 단단히 잠겨 있고, 호위병들은 왕이 보낸 시녀들이 권한 약이 들어 있는 포도주를 마시고 쓰러져 자고 있었다. 폭군으로 이름을 날리던 미노스는 허무하게도 끓는 물에 튀겨져 죽고 말았다. 같이 왔던 부하들은 한참 뒤에야 왕이 죽었다는 소식을 들었다.

"미노스 왕이 목욕하시다 사고가 나서 돌아가셨습니다."

외부에서 침입할 수 없는 욕실 안에서 왕이 죽어 있는 모습을 보자 그 누구도 탓할 수 없었다. 함대를 끌고 왔던 군사들은 미노스의 시신을 싣고 고향으로 돌아갈 수밖에 없었다. 폭군인 미노스가 죽어 내심 잘됐다고 생각하는 군사들도 있었다.

미노스는 저승 세계에서도 이승에서의 권력을 그대로 유지했다. 제우스의 아들이었기에 아버지의 영향력으로 지하 세계에서도 판관이 되었던 것이다. 오르페우스가 타르타로스에 갔을 때 그의 노래에 취해 판결을 내리지 못하기도 했다.

미노스가 죽자 다이달로스를 쫓는 자는 더 이상 없었다. 다이달로스는 시켈리아에서 자신의 능력을 충분히 발휘한 뒤 아테네로 돌아갔다. 왕이 되어 있던 테세우스는 다이달로스에게 은혜를 갚기 위해 그가 바라는 것이 무엇인지 물었다.

"당신의 소원은 무엇입니까?"

"나는 고국 아테네를 위해 봉사하고 싶습니다."

"그렇다면 이곳에서 예술을 가르치시는 건 어떻겠습니까?"

"예술 학교를 지어서 제자들을 기르겠습니다. 그러면서 나의 아들과 조카를 기리고 싶습니다."

그리하여 다이달로스 학교가 만들어졌다. 그리스 문화의 전성기는 바로 이 다이달로스 학교를 나온 수많은 예술가들 덕분에 가능했다.

12

영원한 갈증, 탄탈로스

소아시아 지역에 프리기아라는 나라가 있었다. 앞서 이야기한 바 있지만, 프리기아는 한때 어리석은 왕 미다스가 통치했던 나라다. 만지는 것마다 황금이 되기를 바랐던 미다스는 큰 곤경을 겪으며 반성하고 정신을 차렸다. 재물이 전부가 아니라는 것을 깨달은 것이다. 그가 죽은 뒤에 프리기아 왕국은 탄탈로스★가 다스렸다. 탄탈로스는 어지러운 나라를 잘 통치한 능력 있는 위대한 왕이었다.

프리기아는 풍요로운 나라였다. 비옥한 땅이 넓게 펼쳐져 있고, 그곳에서 다양한 농산물들이 배출됐다. 온난한 지중해성 기후로 호두부터 밀까지 다양한 농산물이 순탄하게 잘 자라났다. 풀밭에선 살진 양과 소들이 노닐고, 목동들은 이 풀밭 저 풀밭 다니면서 수금을 연주하고 플루트를 불며 목가적인 풍경을 연출했다. 당연히 나라가 점점 부강해질 수밖에 없었다. 국력이 강해지면 주변 나라들이 두려워하기 마련이다. 자신의 나라에 쳐들어오지 말라고 조공으로 곡물을 바치자 프리기아에는 더욱더 다양한 물품이 풍요롭게 넘쳐흘렀다.

게다가 탄탈로스는 누구인가. 바로 제우스의 아들이다. 그렇기에 그는 신들과도 소통하고 요정들이나 주변에 있는 다른 왕들과도 좋은 관계를 유지했다. 그는 인간들 사이에서도 신의 아들이라는 놀라운 위용을 과시했다. 그는 올림포스 신들의 궁전에도 자주 초청받아 놀러 갔다. 그때마다 넥타르와 암브로시아를 먹어서 거의 신적인 존재가 되어 있었다. 제우스의 아들 가운데 이처럼 훌륭한 지도자가 된 자는 없었기에 탄탈로스를 볼 때마다 제우스는 흐뭇한 얼굴로 다정하게 말했다.

"아들아, 너는 신과 인간의 중간자적 위치에서 위대한 업적을 쌓고 있구나. 너는 신들의 자리에 올 만한 충분한 자격이 있다."

탄탈로스는 그리스 왕들 가운데 아주 부유한 왕으로 알려져 있어. 그는 사실 살아서는 명성을 누리지 못했어. 그는 거짓말을 잘해서 화를 불렀다고 해. 거짓 맹세를 밥 먹듯 했던 거지. 하지만 그가 신에게 벌을 받은 이유는 바로 교만함 때문이었어. 신에게 도전하는 교만함을 벌줌으로써 본보기로 삼았던 거지.

그가 올림포스에 올 때마다 제우스는 다른 신들을 붙잡고 자기 아들을 자랑했다. 자식을 자랑하고 싶은 부모의 마음은 신이나 인간이나 마찬가지다.

"이 아이가 바로 나의 아들 탄탈로스요. 내 피를 이어받아 그런지 커다란 나라를 잘 다스리고 있지. 하하하하."

처음엔 다른 신들도 모두 고개를 끄덕이며 칭찬했다. 신들이 인간이나 요정과 결합하면 그 자식은 대개 괴물의 모습으로 태어났다. 그런데 멀쩡하게 인간의 모습으로 태어난 데다 위대한 왕까지 된 것은 결코 쉬운 일이 아니었다.

이렇게 신들 못지않은 대접을 받자 탄탈로스에게 문제가 생겼다.

"신이라고 해봤자 별거 아니잖아. 나와 다를 바 없어. 오히려 우리 아버지 제우스 신의 혈통을 이어받은 내가 더 뛰어날 수도 있지."

탄탈로스는 인간이면 누구나 걸려들기 쉬운 위험한 함정인 교만함에 빠졌다. 물론 탄탈로스도 처음 올림포스에 갔을 때는 벌벌 떨었다. 신들이 너무나 두려웠기 때문이다. 그러나 한두 번 오가면서 점점 허리가 펴지더니 나중에는 꼿꼿하게 턱을 쳐들고 다녔다. 신들을 봐도 제대로 인사조차 하지 않았다. 게다가 신들이 모자라는 행동을 하거나, 실수를 하거나, 인간들에게 굴욕당하는 것을 보면 비웃기도 했다.

"저런 어처구니없는 행동을 하고도 신이라고? 저런 주제에 인간의 존경을 받으려고 해? 신이라는 이유로 무조건 존경해야 되는 건 아니잖아. 이렇게 맛있는 암브로시아와 넥타르를 신들이 독차지하는 것도 너무해. 내 친구들에게만이라도 맛보여줘야겠군."

그는 올림포스의 물건들을 살짝 빼돌려 인간들에게 보여주거나 암브로시아나 넥타르를 조금씩 가져가 친구들에게 선물했다. 사람들은 처음에 그의 이야기를 믿지 않았다.

"이게 바로 신들이 먹는 음료라고?"

"어서 먹어보게."

넥타르를 한 모금 마시자 사람들은 날아갈 것만 같은 느낌을 받았다.

"아, 이게 정말 신의 음료 넥타르가 맞나 보네. 몸이 깃털처럼 가벼워진 것 같아."

암브로시아를 먹은 사람들은 모두 놀라워했다.

"탄탈로스가 선물한 암브로시아를 먹으니 일주일 동안 아무것도 먹지 않았는데도 배가 안 고프더군. 정말 신기해."

탄탈로스가 신의 아들이라 신들의 물건을 자유롭게 쓸 수 있다는 소문이 퍼지기 시작했다. 교만한 탄탈로스는 사람들에게 신들의 물건을 선물했을 뿐만 아니라 자신이 알게 된 신들의 이야기도 많이 해주었다. 신들 사이의 은밀한 비밀이나 사랑 이야기를 해주면 사람들은 너무나 신기해했다.

"정말 신들도 우리 인간과 다를 바 없군."

"단지 신이라는 이유만으로 인간을 지배하려 들다니 좀 부당한 거 아냐?"

"하하하, 저렇게 형편없는 신이라니, 인간이 더 뛰어난 것 같아."

이런 일들이 계속되자 신들 사이에서 원성이 자자해졌다.

"제우스 신이시여, 어찌하여 저런 짓을 벌이는 탄탈로스를 가만히 두십니까?"

"무엇이 문제냐?"

"인간들에게 쓸데없는 소리를 하면서 신들의 부정적인 면을 널리 알리고 있습니다. 이런 소문이 계속 퍼지면 신에 대한 존경심이 떨어질 겁니다."

"맞습니다. 넥타르와 암브로시아를 훔쳐다가 인간들에게 먹이는 것을 보십시오."

제우스는 조금 난감했다. 망나니 아들을 둔 아버지의 심정은 신이나 인간이나 마찬가지다. 그러던 중 탄탈로스가 올림포스에 올라오자 제우스는 조용히 아들을 불렀다.

"아들아, 내가 너를 자랑스러워하고 사랑하고 있는 것을 알고 있느냐?"

"알고 있습니다, 아버지. 더 멋진 아들이 되도록 노력하겠습니다. 그래서 제 나라도 잘 다스리고 있답니다."

"장하구나, 아들아. 그런데 네가 다른 신들에게 오만하고 불손하다는 평가를 받고 있다. 좀 더 조심스럽게 행동하고, 좀 더 겸손하면 좋겠구나."

제우스의 말을 들은 탄탈로스는 기분이 상했다. 신들이 뒤에서 자신을 험담했다는 것을 알게 되자 얼굴이 붉어졌다.

"신들이 인간인 저를 헐뜯고 흉봤다고요? 아니, 그렇다면 신들이 인간보다 나은 점이 무엇입니까?"

"그렇게 생각할 게 아니다. 신들이 보기에 네 행동에 지나친 면이 있기 때문에 그런 것이니 앞으로 주의하면 된다."

"아버지, 저는 제 마음대로 하겠습니다. 저보다 딱히 나은 것도 없으면서 저에게 이래라저래라 한단 말입니까? 감히 누구에게 충고하는 겁니까? 똥 묻은 개가 겨 묻은 개를 나무라는 격 아닙니까?"

"그런 말은 하는 게 아니다. 나는 이해해주겠지만, 다른 신들 앞에서는 그런 태도를 보여선 안 된다. 조심하거라."

아들의 무례한 행동을 봤지만 제우스는 눈감아주었다. 그러자 탄탈로스는 더 기고만장해졌다.

"아버지, 신들이 그렇게 얘기하면 아버지는 저를 편들어주셔야 되는 것 아닙니까? 그런데 도리어 저를 벌주려 하십니까?"

"그건 아니다. 내가 왜 너를 벌주겠느냐? 네가 크게 잘못한 것도 없는데."

신들의 원성은 점점 자자해졌지만 제우스는 중간에서 그런 신들을 찍어 눌렀다. 그러자 탄탈로스는 더욱더 기고만장해졌다.

'흥, 신들이라고 하지만 생각해보면 우리 아버지의 부하들 아니야? 감히 나를 헐뜯어? 두고 보자. 너희들도 곤란을 겪어봐야 돼.'

탄탈로스는 신들을 골탕 먹여야겠다는 생각이 들었다. 신들이 좋아하는 크레타의 황금 개를 숨기기로 결심한 것이다. 황금 개를 몰래 데려와 감춰버리자 신들은 난리가 났다.

"누가 황금 개를 잡아갔습니다. 올림포스의 신들이 모두 사랑하는 개인데, 대체 어떻게 된 걸까요?"

"탄탈로스의 짓이 분명합니다."

여기저기에서 탄탈로스를 의심했지만, 탄탈로스는 얼굴 표정 하나 변하지 않고 말했다.

"저는 신들의 물건에 관심이 없습니다. 제 나라에는 어마어마한 물자가 있고 황금이 넘쳐나는데 겨우 황금 개 한 마리를 탐하겠습니까?"

탄탈로스는 눈썹 하나 까딱하지 않고 거짓말을 했다. 심지어 억울하다는 듯한 표정을 지었다. 하지만 신들의 왕 제우스는 모든 것을 알고 있었다. 신들이 보고 있지 않을 때 황금 개를 끌고 가는 장면이 제우스의 눈앞에 떠올랐기 때문이다. 자신의 아들이 못된 장난을 한 데다 잘못을 인정하지 않고 오히려 억울하다며 반발하는 모습을 보자 마침내 제우스는 화가 폭발하고 말았다.

"탄탈로스, 진실을 말해라."

"아버지, 억울합니다. 저는 정말로 개를 훔치지 않았습니다."

탄탈로스는 제우스 앞에서 거짓 눈물을 흘렸다. 응석받이 아들이 우는 척하는 것을 보자 안쓰러운 마음이 들어 거짓말인 줄 알면서도 제우스는 신들의 불만을 무마했다.

"괜찮소. 개는 곧 나타날 거요. 걱정들 하지 마시구려. 황금 개가 어디 있는지 내가 찾아보겠소."

신들은 제우스가 탄탈로스를 감싸고 돈다는 것을 알았지만 어쩔 수 없이 돌아섰다. 제우스의 위력이 너무나 크기도 했지만 못난 아들을 감싸는 아버지의 모습이 측은했기 때문이다. 탄탈로스는 잘못을 저질렀는데도 또다시 벌을 받지 않고 넘어갈 수 있었다. 그러나 응석받이 자식을 제때 교육하지 않으면 결국 돌이킬 수 없는 지경에 이르는 법이다. 제우스는 신들이 모두 돌아간 뒤에 아들을 불러 한 번 더 추궁했다.

"황금 개를 당장 데려다 놓아라. 그리고 신들이 너를 미워하는 마음이 극에 달했으니 앞으로는 조심하도록 해라."

"아버지, 걱정하지 마십시오. 약해빠진 신들 따위가 저를 어떻게 한단 말입니까? 저는 겁나는 게 없습니다, 아버지."

탄탈로스는 자기가 아무리 잘못을 저질러도 신들이 꼼짝하지 못하는 것을 보면서 자신이 강해서 그런 것이라고 착각했다.

"나야말로 정말 강한 존재야. 지상에서는 왕이고, 올림포스에 오면 제우스 신의 아들이잖아. 나보다 더 강한 자가 어디 있겠어? 내가 무슨 짓을 해도 신들이 꼼짝하지 못하는 것도 당연해. 으하하하."

보고 싶은 것만 본다는 말처럼 탄탈로스는 자기가 보고 싶은 것만 바라보며 더욱더 오만하게 행동했다.

"내가 얼마나 위대한지 보여줄 수 있는 방법이 없을까? 신들이 깜짝 놀라서 땅을 치고 후회할 만한 방법이 있을 텐데. 신이라고 뻐기는 자들이 어리석다는 걸 확실하게 증명해 보인 뒤 내가 아버지의 후계자가 되어야겠어. 그게 내가 갈 길이야. 아하하하."

탄탈로스는 돌이킬 수 없는 선을 넘고 있었다.

"어떻게 하면 신들을 난감하게 만들지?"

신들의 물건을 몰래 빼돌리는 것은 더 이상 재미가 없었다. 황금 개를 데려다 놓은 뒤 탄탈로스는 그런 방법으로는 신들을 깜짝 놀라게 하거나 당황하게 할 수 없을 거라는 생각이 들었다. 그렇게 며칠이고 고민한 끝에 마침내 좋은 아이디어가 떠올랐다.

13

신들을 시험에 들게 한 죄

탄탈로스는 제정신이 아니었다. 신들에게 어떻게든 모욕을 주겠다는 일념으로 정신이 나가버린 것이다. 그는 자신의 아이디어를 바로 실행에 옮기기로 했다. 어느 날 아침, 그는 아들의 방으로 들어갔다. 늠름한 청년으로 자라난 꽃다운 아들이었다.

"아들아, 나와 함께 잠깐 산책을 하자꾸나."

그는 산책을 나가 끔찍하게도 아들을 죽이고 말았다. 그러고는 시신을 가지고 주방으로 가서 요리사들에게 명령했다.

"잘 들어라. 신에게 바칠 음식을 만들려고 한다. 다들 눈을 가리고 내가 가져온 고기로 음식을 만들어라."

다들 눈을 가린 채 탄탈로스가 가져온 고기를 손질했다. 처음 접하는 고기라 신기해할 뿐, 설마 사람의, 그것도 왕자의 시신인 줄은 꿈에도 상상하지 못했다. 탄탈로스는 음식을 만드는 요리사들을 다그쳤다.

"그 누구도, 신들조차 먹어보지 못한 멋진 요리를 만들어라. 귀한 향신료를 충분히 뿌려 최고의 음식을 만들어라."

그의 얼굴은 광기로 번들번들했다. 신들에게 어떻게든 모욕을 주고 자신이 더 뛰어나다는 것을 보여주겠다는 광기였다.

'이 음식으로 신들에게 모욕을 줄 수 있을 거야. 이 음식을 먹고 나면 음식의 재료가 무엇일 것 같냐고 물어봐야지. 모든 것을 알고 있고 모든 인간들의 행동과 마음을 꿰뚫고 있다며 잘난 척하는데, 어디 정말 그런지 한번 보자고.'

사람 고기로 만든 먹음직스러운 요리가 거의 완성되자 탄탈로스는 올림포스로 초청장을 보냈다.

존경하는 신들이시여,

좋은 음식을 준비해 잔치를 벌이려고 하니 모두 오셔서 즐겨주십시오.

초청장을 받고 올림포스에서 내려온 신들이 연회장을 가득 채웠다. 탄탈로스는 그들을 기쁘게 맞았다. 요리사들은 이제 막 만든 맛있는 요리들을 신 앞에 정성스럽게 차려놓았다. 그 요리들에는 모두 다 탄탈로스 아들의 시신이 들어가 있었다. 얼핏 보기에는 너무나 먹음직스럽고 맛있는 향기가 났다. 인간이 만든 요리라고 보기 어려울 정도였다. 하지만 탄탈로스가 아무리 권해도 신들은 요리에 손도 대지 않았다.

"어서 드십시오. 음식이 식기 전에 드시지요."

신들은 탄탈로스를 봤다가 그의 아버지 제우스를 봤다가 하며 어쩔 줄 몰라 했다. 제우스는 앞에 차려진 음식들을 보면서 서서히 얼굴이 굳어졌다. 분노하는 제우스의 모습에 신들도 두려워질 정도였다. 탄탈로스는 뭔가 잘못됐다는 생각이 들었지만, 기왕 벌인 일이니 어쩔 수 없다고 생각했다. 그는 애써 웃음 지으며 말했다.

"아버지, 왜 이러십니까? 그러지 말고 어서 드시지요. 그동안 받은 은혜를 갚기 위해서 신들에게 바칠 음식을 정성 들여 준비했습니다."

"네 이놈!"

제우스의 고함 소리가 온 궁전에 울려 퍼졌다. 순간, 하늘에서 천둥 번개가 치기 시작했다.

"내가 너를 그토록 사랑하고 아끼고 감싸준 결과가 고작 이것이냐? 신들을 우롱하는 것이 네 대답이냔 말이다. 나는 어떻게든 너를 감싸주려고 했는데, 너는 선을 넘었다. 어찌하여 네 아들을 죽이고 그 시신을 우리에게 먹여 능멸하려는 것이냐? 너는 당장 이 세상을 떠나서 하데스의 지하 세계로 가라. 너는 이제 영원한 괴로움을 겪게 될 것이다."

제우스의 손끝에서 벼락이 치자 탄탈로스는 그 자리에서 죽고 말았다. 그의 영혼은 순식간에 하데스의 지하 세계로 날아갔다. 지옥의 왕 하데스는 탄탈로스가 무슨 죄를 지었는지 이미 알고 있었다.

"자기 자식을 죽여서 신들을 시험하려 한 네놈에게 세상에서 가장 큰 형벌을 내릴 것이다."

탄탈로스는 자신에게 무슨 일이 일어났는지 몰라 어리벙벙한 상태로 하데스의 위엄 있는 모습에 압도당한 채 무릎을 꿇고 말했다.

"신이시여, 제가 죄를 지었다면 그 벌을 달게 받겠습니다. 그런데 지금 너무나 목이 마릅니다. 이곳까지 오는 동안 물 한 잔 마시지 못했습니다. 마실 물을 좀 주십시오."

"그래, 너를 맑은 물이 있는 호수로 보내주마. 그곳에 가서 마음껏 물을 마셔라."

하데스가 가리키는 곳에는 수정처럼 맑은 물이 가득한 호수가 있었다.

"감사합니다. 어떤 형벌이든 달게 받겠습니다. 물 한 모금만 마시고 오겠습니다."

탄탈로스는 호수로 첨벙첨벙 들어갔다. 두 손으로 물을 가득 떠서 입으로 가져갈 생각이었다. 그런데 허리까지 오던 물이 갑자기 발목까지 내려갔다.

"아니?"

고개를 숙일수록 물이 사라져 호수는 바짝 마른 땅으로 변해버렸다.

"이럴 수가……."

허리를 펴자 다시 물이 샘솟아 그의 목까지 차올랐다. 고개를 숙여 물속에 머리를 담그려고 하면 마치 약을 올리듯 수면이 아래로 쑥 꺼졌다. 손으로 퍼 담으려고 하면 손 밑으로 내려갔고, 고개를 숙이면 고개 밑으로 내려갔다. 이런 일이 계속 반복되자 탄탈로스는 견딜 수 없었다.

"아, 물 한 모금만 마시게 해주십시오. 물 한 모금만 마시게 해주시면 어떤 벌도 달게 받겠습니다."

그러나 소용없었다. 하데스는 말했다.

"죄 없는 네 아들이 살려달라고 할 때 너는 그의 말을 들었느냐?"

탄탈로스는 그제야 자신이 무슨 짓을 저질렀는지 깨달았다. 하지만 지금 당장 급한 것은 갈증이었다. 다시 고개를 숙이자 수면은 내려갔고, 똑바로 서자 물은 입술 밑까지 넘실넘실 차올랐다.

"아, 도와주십시오. 제발 물 한 모금만 마시게 해주십시오."

입술이 쩍쩍 갈라지고 입에서는 단내가 났다. 하지만 그는 한 방울의 물도 입에 넣을 수 없었다. 이것이 바로 탄탈로스에게 내려진 벌이었다. 영원한 갈증의 고통이었다. 이것이 전부가 아니었다. 신들은 잔인하고 짓궂었다.

"물만 가지고는 안 됩니다. 저자는 더 큰 고통으로 대가를 치러야 합니다."

순간, 탄탈로스의 머리 위에 달콤한 포도송이들이 주렁주렁 열렸다.

"아, 포도를 먹으면 되겠구나."

손을 뻗어 올리자 포도송이는 순식간에 위로 올라가버렸다. 마치 새를 잡으려고 손을 뻗으면 이리저리 날아가버리는 것과 똑같았다. 탐스럽고 달콤한 포도송이를 잡으려고 아무리 애써봐도 손이 닿지 않았다. 머리 위의 포도를 먹거나 아래 있는 물을 마시고 싶은데, 그 어느 것도 이룰 수 없었다. 멀리 도망가는 것도 아니고 손끝에 닿을락 말락 하게 움직이는 것 아닌가. 미친 듯이 손을 휘둘러봤지만 손끝으로 포도 잎사귀 하나 건드릴 수 없었다.

"이것이 너에게 내리는 형벌이다. 아들을 죽여 음식을 만든 대가로 영원한 갈증과 영원한 배고픔을 느껴봐라."

"아, 너무하십니다."

"이것만으로는 부족하다. 너의 열망을 채우지 못하는 것만으로는 벌이 충분하지 않다. 두려움과 공포를 더 얹어주겠다."

갑자기 저 멀리에서 어마어마한 크기의 바윗덩어리가 굴러 내려왔다. 그러더니 바로 탄탈로스의 머리 위에서 멈췄다. 고개를 들자 바위가 금방이라도 자신을 깔아뭉갤 것처럼 위협적으로 흔들거리는 게 보였다. 바위 아래에서 크고 작은 돌조각들이 떨어져 호수에 푸슬푸슬 물방울을 일으켰다.

"아, 제발 살려주십시오. 바위에 깔려 죽을 것 같습니다."

바위는 떨어질 듯 말 듯 흔들거리며 탄탈로스를 계속 위협했다. 탄탈로스는 물도 못 마시고 포도도 못 먹으면서 바위에 깔려 죽을지도 모른다는 공포에 시달리게 되었다. 이것이 바로 탄탈로스가 저승에서 받게 된 형벌이었다.

제우스의 노여움을 산 탄탈로스가 이런 형벌을 받고 있을 때 잔치 자리에 남아 있던 신들은 죽은 탄탈로스의 아들을 가엾게 여기며 다들 한마디씩 했다.

"아들이 무슨 죄가 있어?"

"그러게 말이야. 아비를 잘못 만나면 자식들의 팔자도 어그러지는 법이지만 너무나 안됐어."

신들의 여론이 동정 쪽으로 기울자 제우스는 고개를 끄덕였다. 죽은 탄탈로스의 아들을 살려야겠다는 생각이 든 것이다.

"헤르메스, 이리 오너라."

헤르메스가 재빨리 달려왔다.

"내가 무슨 말을 하려는지 알겠느냐?"

"알 것 같습니다. 죽은 탄탈로스의 아들을 되살리라는 말씀이시지요?"

"그렇다."

헤르메스는 요리되어 그릇에 담긴 탄탈로스 아들의 몸 조각들을 모아서 붙이기 시작했다. 헤르메스는 제우스가 시키는 일은 무엇이든 해내는 전문가였다. 그는 여기저기서 모은 조각들을 사람의 형태로 맞춰 놓았다. 그런데 어깨 부분에 맞는 조각을 찾을 수 없었다. 헤르메스가 다급하게 말했다.

"조각이 하나 없습니다."

"그래?"

딸 페르세포네를 잃고 나서 슬픔에 빠진 데메테르가 아무 생각 없이 접시에 있던 고기 한 점을 먹어버린 것이다. 자녀를 잃은 부모는 크나큰 슬픔에 빠져 때로 판단력이 흐려지기도 한다.

"다시 살릴 수 없겠습니다."

제우스가 안타까운 눈으로 바라보며 말했다.

"난감하구나."

데메테르는 겸연쩍어하며 말했다.

"어리석게도 제가 아무 생각 없이 음식을 먹어버려서 이렇게 됐습니다. 이를 어찌하면 좋습니까?"

"그대의 잘못이 아니다. 딸을 잃어버린 어미의 슬픔을 어찌 탓하겠느냐? 나에게는 또 다른 해결사가 있다. 헤파이스토스, 나서거라."

헤파이스토스가 절뚝거리며 앞으로 나왔다.

"제가 나머지 부분을 채워 넣겠습니다."

"그래."

헤파이스토스는 바다에서 우뭇가사리를 건져다가 푹 삶았다. 우뭇가사리를 삶으면 젤리 같은 형태가 된다. 헤파이스토스는 물컹물컹한 덩어리를 떨어져 나간 어깨 부분에 붙였다. 그리고 바람을 불어 식혔다. 덩어리가 딱딱하게 굳자 떼어내 그 형태 그대로 틀을 만들어 그에 맞춰 상아를 깎아 붙여 넣었다. 마침내 어깨까지 완벽하게 맞춰지자 고깃덩어리에 불과하던 탄탈로스의 아들이 숨을 내쉬기 시작했다. 제우스가 숨결을 불어넣고 영혼을 집어넣어준 것이다.

"아아, 잘 잤다."

탄탈로스의 아들은 일어나더니 좌우를 둘러봤다. 푹 자고 일어났더니 신들이 자신을 둘러싸고 있는 게 아닌가. 탄탈로스의 아들은 어리둥절했다.

"어서 일어나라. 너는 탄탈로스의 아들로서 이제 이 왕국을 맡아야 한다."

"제가요?"

"그래. 너는 과거의 기억이 없을 것이다. 너의 이름은 오늘부터 펠롭스다."

펠롭스는 그 자리에서 제우스의 명을 받들었다. 엎드려 예를 갖추는 그의 왼쪽 어깨에 흰 반점이 보였다. 상아를 박아 넣은 부분이 그대로 살이 되면서 하얀 반점처럼 되어버린 것이다. 그리스에서는 지금도 몸의 일부분에 하얀 반점이 있는 사람들을 쉽게 볼 수 있다. 이런 이들을 사람들은 '펠롭스의 후손'이라고 부른다.

펠롭스는 아버지의 나라를 물려받았다. 그러나 왕으로서 수업을 받지 못한 채 나라를 맡았기 때문에 부족한 점이 많았다. 이런 점을 노리고 트로이아에서 쳐들어왔다. 있는 힘껏 싸웠지만 막을 수 없었다. 트로이아는 당시 최고의 강국이었기 때문이다.

"안 되겠다. 도망쳐야겠다."

그는 아버지 탄탈로스가 모아두었던 황금을 수레에 가득 싣고 여동생 리로베를 데리고 재빨리 도망쳤다. 그와 목숨을 함께하기로 한 부하들 몇몇이 그 뒤를 따랐을 뿐이다. 적과 반대 방향으로 한참 도망친 펠롭스는 피사에 도착했다. 피사의 왕은 오이노마오스였다.

"저는 트로이아의 침략을 받아 이곳까지 도망쳐 온 프리기아의 왕 펠롭스입니다."

"그대의 이야기는 익히 들었소. 신들이 살려준, 신들이 사랑하는 왕 아니시오? 우리나라에서 편안하게 지내시오."

오이노마오스는 그를 기꺼이 반겨주었다. 히포다메이아라는 아름다운 딸이 있는 그는 손님들이 찾아오는 것에 익숙했다. 그의 딸과 결혼하기 위해 수없이 많은 이들이 그를 찾아왔기 때문이다.

"따님에게 청혼하고 싶습니다. 원하는 바가 있으십니까?"

오이노마오스는 딸을 시집보낼 생각이 전혀 없었다. 오래전에 받은 신탁 때문이었다. 신탁을 내린 사제는 신에게 빙의된 채 무서운 예언을 했다.

"오이노마오스는 딸과 결혼할 남자에 의해 죽게 될 것이다."

끔찍했다. 딸이 결혼하는 것은 기쁜 일이지만 사위에게 죽을 거라니. 한참 고민하던 오이노마오스는 결론을 내렸다.

'좋아. 딸을 결혼시키지 않으면 될 것 아니야? 간단한 문제야.'

하지만 주변을 둘러보니 아버지가 반대해도 딸들은 제가 좋아하는 남자를 만나면 도망쳐서라도 결혼하는 것 아닌가. 오이노마오스는 생각했다.

'그러면 청혼하는 자들을 다 죽여버리면 되지. 함께 도망갈 남자가 없으면 어쩔 거야. 그들을 합법적으로 죽이려면 어떻게 해야 하지?'

고민한 끝에 좋은 아이디어가 떠올랐다.

'그래. 나와 전차 경주를 하자고 권하는 거야. 전차 경주를 해서 이기는 자에게 딸을 주겠다고 하자. 지는 자는 죽음이라는 대가를 치르도록 하는 거야.'

좋은 생각 같았다. 오이노마오스는 전차 경주에서 한 번도 져본 적이 없었다. 좋은 말을 가지고 있는 데다 어려서부터 전차 위에서 살다시피 해서 그리스 최고의 기수이기도 했다. 그런 사실을 알지 못하는 남자들은 히포다메이아에게 청혼하기 위해 계속 찾아왔다.

"왕이시여, 히포다메이아 공주에게 청혼하고 싶습니다."

"저도 청혼하겠습니다."

이곳저곳에서 혈기왕성한 젊은이들이 찾아왔다. 하지만 그들은 정해진 순서대로 경기를 하고 하나같이 죽음을 맞이했다. 승부는 냉혹한 것이다. 전차 경주에서 먼저 들어온 왕은 청혼자들을 모두 창으로 찔러 죽였다. 그들은 그렇게 아름다운 공주에게 청혼을 하러 왔다가 안타까운 최후를 맞고 말았다.

한편, 펠롭스는 낯선 땅에서 기반을 잡으려면 히포다메이아 공주를 자신의 아내로 맞아야겠다고 생각했다. 게다가 연회에서 몇 번 만난 그녀가 너무나 아름다워 한눈에 반한 터였다. 그런데 펠롭스에게 반한 것은 히포다메이아도 마찬가지였다.

"어머, 저렇게 잘생긴 사람이 있단 말이야?"

신들이 만들어준 몸 아니던가. 어깨에 흰 반점이 있는 펠롭스는 그야말로 조각상처럼 아름다웠다. 히포다메이아는 그를 마음속으로 연모하게 되었다. 어느 날 밤, 히포다메이아는 정원에서 조용히 펠롭스를 만났다.

"왕이시여, 저를 좋아하시는 것은 알고 있습니다. 저에게 청혼하시려는 것도 짐작할 수 있습니다. 하지만 그러지 마세요."

"왜 그러시오, 공주. 나는 그대와 결혼하고 싶소. 그리하여 당신과 함께 이 나라를 다스리고 싶다는 것이 잘못된 욕망이오?"

"아시겠지만 제게 청혼했다가 열세 명의 남자가 죽었습니다. 그들 위에 또 왕의 이름을 기록하고 싶지 않습니다. 제발 그만두세요."

"그대와 결혼할 수 있다면 그 어떤 것도 두렵지 않소. 나도 도전해보고 싶소. 그리고 전차를 모는 거라면 나도 어디 가서 빠지지 않소. 게다가 나의 할아버지는 제우스 신이시오. 나를 도와주실 게 분명하오."

"아버지의 말은 평범한 말이 아닙니다. 세상에서 가장 빠른 말이에요. 게다가 아버지는 전차 위에서 태어난 것 같은 분입니다. 매일매일 전차에서 생활하다시피 하는 분을 어떻게 이깁니까? 그 누구도 이길 수 없어요."

"하지만 당신과 영원히 함께 살고 싶은데 어쩌면 좋겠소?"

"차라리 저를 잊으세요. 어서 도망치세요. 당신이 저 때문에 목숨을 잃는 것을 원하지 않습니다. 다른 곳에 가서라도 행복하게 사신다면 저는 그것으로 만족할 수 있을 것 같아요."

펠롭스는 가슴을 치며 말했다.

"그 무슨 당치 않은 말이오? 사랑하는 사람을 떠나 어디 간들 행복하게 살 수 있단 말이오? 나는 자신 있소. 당신 아버지가 신탁을 받았다는 이야기는 진즉에 들었소. 당신 아버지의 말들이 그렇게 빠르다지만 나 역시 포세이돈 신이 주신 말을 가지고 있소. 그 말들도 어느 말 못지않게 빠르오. 게다가 나는 모든 신들이 나서서 만들어준 사람이오. 그렇게 다시 태어났기에 신들은 나의 편이 되어줄 거요."

히포다메이아는 그의 고집을 꺾을 수 없었다.

한편 그런 펠롭스를 보는 오이노마오스는 두려워졌다. 저자가 정말 자신에게 딸을 달라고 하면 어떻게 해야 하나 불안해하고 있는데, 마침내 펠롭스가 오이노마오스에게 정식으로 만남을 청했다.

"대왕이시여, 저를 지켜주시고 보호해주셔서 감사합니다. 주인으로서 정성껏 최선을 다해주신 데 나그네로서 무한한 감사를 드립니다."

"무슨 말씀을. 손님을 맞는 것은 나의 즐거움이오."

"저는 새로운 도전을 하고 싶습니다. 공주와 결혼하게 허락해주십시오."

"공주와 결혼하려면 어떤 조건이 있는지 알고 있지요?"

"알고 있습니다. 목숨을 걸고 경기할 준비가 되어 있습니다."

오이노마오스는 고개를 끄덕였다. 도전을 받아줄 수밖에 없었다.

"좋소. 그런데 나는 이제껏 모든 도전자들에게 한 수 물러주었소."

"무슨 말씀이십니까?"

"같은 조건에서 경주하면 나를 이길 수 없을 것이기 때문에 상대가 출발하고 나서 한 시간 뒤에 달리기 시작했소."

엄청난 혜택 같지만, 사실 별 의미 없는 혜택이었다. 그 한 시간이 무색할 만큼 오이노마오스의 말들이 빨랐기에 이렇게 호언장담했던 것이다. 오이노마오스는 안타깝다는 표정으로 말했다.

"내 전차가 그대의 전차를 앞지르는 순간, 내 창이 그대의 심장을 꿰뚫을 거요. 괜찮겠소?"

"좋습니다. 왕보다 제가 더 빨리 도착하도록 하겠습니다."

약속은 성사되었고, 경주 날이 온 세상에 선포됐다. 올림포스의 신들도 이들의 내기에 대해 모두 다 알고 있었다. 헤르메스가 제우스에게 간청했다.

"제우스 신이시여, 제가 애써서 살려놓은 펠롭스가 목숨을 건 내기를 하려고 합니다. 도와줘야 되지 않겠습니까? 힘들게 살려낸 불쌍한 청년입니다."

제우스 역시 그들을 지켜보고 있었다. 그도 자신의 손자 펠롭스가 죽는 것을 원치 않았다.

"어떻게든 펠롭스가 이길 수 있도록 헤르메스 네가 도와주거라."

제우스가 축복해준 것이나 마찬가지였다. 헤르메스는 벌떡 일어나더니 자신의 아들 미르틸로스를 찾아갔다. 미르틸로스는 오이노마오스의 신하이기도 했다. 그는 기수 가운데 1등 기수였다. 헤르메스가 나타나자 미르틸로스는 깜짝 놀랐다.

"아버지, 어찌하여 이곳까지 내려오셨습니까?"

"잘 들어라, 아들아. 나는 너를 사적으로 만나러 온 것이 아니다. 올림포스 신들의 뜻을 전하러 왔다."

"예?"

"신들은 오이노마오스를 버렸다."

"예? 저희 대왕을 버리셨다고요?"

"경주를 하기 전에 왕의 전차를 망가뜨려놓아라."

미르틸로스 역시 아버지를 닮아 머리 회전이 빨랐다.

"무슨 말씀이신지 알겠습니다. 제가 알아서 조처하겠습니다."

왕의 전차에는 사람들이 함부로 접근할 수 없었다. 전차를 잘 다루고 수리할 수 있는 몇몇 사람만 접근할 수 있었는데, 그중 하나가 미르틸로스였다.

'신들의 뜻을 따라야지. 왕이 나에게 잘해주었지만 신보다 큰 힘을 가진 건 아니잖아.'

미르틸로스는 깊은 밤 왕의 전차로 다가갔다. 번쩍번쩍 닦고 기름칠해놓은 전차는 말 그대로 세계 최강의 무기 같았다. 미르틸로스는 바퀴를 조정해놓은 축에 끼워져 있는 쐐기를 뽑았다. 바퀴가 헛돌지 않고 끝까지 달릴 수 있게 박아놓은 쐐기로, 청동으로 단단하게 만들어놓은 것이었다. 그것을 망치로 두들겨 뽑아낸 뒤 똑같은 크기로 깎아놓은 밀랍 쐐기를 박아 넣었다. 겉에서 보면 아무것도 달라진 게 없어 보였다.

마침내 해가 뜨자 경주가 시작됐다. 이른 아침 제우스 신전 올림피아에서 출발해 포세이돈 신전에 먼저 도착한 자가 승리하는, 엄청난 장거리 코스였다. 오이노마오스와 펠롭스는 함께 전차를 몰고 신전으로 다가갔다.

"도전자인 펠롭스, 그대는 먼저 출발하라. 나는 제우스 신에게 제물을 바치고 뒤따라가겠다."

그가 준 시간은 딱 한 시간이었다.

"이랴."

펠롭스는 기운차게 포세이돈이 선물한 말의 등에 채찍을 휘둘렀다. 말들은 채찍 소리만 듣고도 펄쩍 뛰어오르더니 번개 같은 속도로 달려가기 시작했다. 군중은 함성을 질렀다.

"와, 저 말들은 정말 대단한걸."

펠롭스의 전차가 먼지를 일으키며 사라지자 오이노마오스는 급할 게 없다는 듯 제우스 신전에다 제물을 바쳤다.

"신이시여, 이번 경주에서도 제가 이길 수 있도록 도와주시옵소서."

정해진 순서에 따라 제물을 바치고 고기를 불에 태워 하늘로 연기를 올려 보냈다. 연기가 똑바로 올라가는 것을 보며 오이노마오스는 자신의 승리를 장담했다. 오이노마오스는 예를 갖춘 뒤 마침내 자신의 전차에 올랐다.

"이랴!"

오이노마오스의 말들은 대지를 박차고 달렸다. 군중은 다시 한번 함성을 질렀다. 어찌 됐든 이 경기에서 둘 중 한 명은 죽을 것이다. 사람이 죽는 것을 보는 것은 끔찍한 일이지만 당시에는 놀라운 구경거리일 뿐이었다. 오이노마오스는 그렇게 한두 시간쯤 달렸다. 평상시 같으면 그때쯤 도전자의 뒷모습이 보여야 하는데, 아무리 달려도 펠롭스가 보이지 않았다. 오이노마오스는 슬슬 불안해졌다.

그는 더욱더 세게 채찍을 휘둘렀다. 상대와 거리가 이렇게 크게 벌어져본 적은 처음이었기 때문이다. 경주에 더욱 몰두하자 온몸에서 땀이 흐르고, 근육은 팽팽하게 긴장했다. 말들은 거품을 뿜으며 달렸다. 마침내 해가 중천에 떠올랐을 무렵, 저만치 달려가는 펠롭스의 전차가 일으키는 먼지가 보였다.

"저기 가고 있군. 달려라."

펠롭스는 최선을 다해 달리고 있었다. 그러다 불안한 마음에 뒤를 돌아봤지만 오이노마오스는 보이지 않았다.

"이길 수 있겠다. 이랴! 달려라."

그러나 그것은 착각이었다. 잠시 후 다시 돌아보니 저 멀리 언덕 아래에서 무서운 기세로 오이노마오스의 전차가 달려오고 있었다. 그토록 빨리 전차를 모는 사람은 이제껏 본 적 없었다. 펠롭스는 말에게 소리쳤다.

"더 빨리 달려라, 말들아."

오이노마오스는 죽을힘을 다해 거리를 좁히려고 했고, 펠롭스는 죽을힘을 다해 거리가 멀어지게 하려고 애썼다. 그들은 둘 다 체력을 이미 모조리 소모한 터였다. 그대로 나가떨어져 죽어도 이상하지 않을 정도로 치열한 경주였다. 포세이돈 신이 주었다고는 하지만 펠롭스의 말들은 오이노마오스의 말만큼 강하지 못했다. 펠롭스의 전차는 점점 속도가 떨어지기 시작했다. 벌어진 차이는 가파르게 좁혀졌다. 불안한 마음에 채찍을 휘두르던 펠롭스가 뒤를 돌아보았더니 얼굴 표정이 보일 정도로 오이노마오스가 가까이 다가와 있었다.

"으하하하!"

오이노마오스는 전차 옆에 꽂아두었던 창을 집어 들었다. 펠롭스의 옆을 그대로 통과하면서 창으로 등을 꿰뚫어버리려는 심사였다. 또 한 명의 도전자를 처치한다는 통쾌함에 오이노마오스는 연거푸 야수처럼 거친 웃음을 터뜨렸다.

"하하하. 젊은이, 이제 그만 달리게. 그대의 삶은 이제 끝났어."

두 사람은 그렇게 한 시간 가까이 달렸다. 마침내 해가 뉘엿뉘엿 질 무렵, 포세이돈 신전이 저 멀리 보였다. 이 정도까지 팽팽하게 경쟁한 도전자는 일찍이 없었다. 펠롭스는 미친 듯이 채찍을 휘둘렀다. 등골이 오싹했다. 사정거리에 들어가면 창이 날아올 것이 분명했기 때문이다.

"신이시여, 제우스 신이시여, 헤르메스 신이시여, 제발 저를 도와주소서. 저는 당신들이 살려낸 당신들의 자식 아닙니까?"

오이노마오스는 더욱 거세게 달려왔다. 드디어 펠롭스의 마차가 창의 사정거리에 들어왔다. 오이노마오스는 벼락처럼 외쳤다.

"이제 끝났다."

있는 힘껏 몸을 젖혀서 창을 던지려는 순간이었다. 청동 쐐기 대신 꽂아두었던 밀랍 쐐기가 바퀴의 회전으로 달아오르다가 그 순간 녹아서 완전히 흐물흐물해졌다. 돌멩이가 튀면서 바퀴 하나가 빠져나가 저만치에 나뒹굴었다. 전차는 순식간에 중심을 잃고 휙 뒤집어지더니 옆에 있는 바윗돌에 튕겨 하늘로 번쩍 날아올랐다. 오이노마오스는 전차와 함께 그대로 떠올랐다가 땅에 처박혀 말들에게 질질 끌려갔다. 오이노마오스는 뒤집어진 전차에 깔려 그대로 죽음을 맞이하고 말았다.

이 사실을 알 리 없는 펠롭스는 미친 듯이 달려 포세이돈 신전에 무사히 도착했다. 기다리던 사람들은 모두 만세를 불렀다.

"만세! 새로운 승리자가 왔다."

사람들은 그의 머리에 월계관을 씌워주었다. 히포다메이아와 펠롭스는 결혼했고, 오이노마오스는 신탁대로 죽음을 맞았다. 히포다메이아는 아버지가 죽은 게 슬펐지만 멋지고 잘생긴 새로운 왕과 결혼하게 되자 더없이 기뻤다. 펠롭스는 자신이 이렇게 왕이 되는 데 가장 크게 기여한 것이 헤르메스라는 것을 알고 있었다. 그는 왕이 되자마자 헤르메스에게 신전을 하나 지어서 바쳤다. 헤르메스는 감격했다.

"아, 신들의 전령으로 늘 낮게 취급받던 나를 기리는 신전이 생기다니 너무나 기쁘구나."

헤르메스는 기뻐서 춤을 출 지경이었다. 그는 보답해야겠다는 생각이 들었다. 헤르메스는 자신의 아들 미르틸로스를 신전에서 불렀다.

"아들아, 나의 신전이다. 멋지지 않으냐?"

"아버지, 축하드립니다."

"네 덕에 내가 이렇게 신전을 얻었구나. 너는 뭘 원하느냐? 내가 다 들어주겠다."

가벼운 성격의 헤르메스는 기쁨에 들떠 신중하지 못하게 아들에게 아무런 전제 조건 없이 소원을 들어주겠다고 말해버리고 말았다. 미르틸로스는 아버지와 닮은 자였다. 머리 회전이 빨랐고 기회를 노릴 줄 알았다.

"아버지, 펠롭스가 이 왕국을 차지하는 데 제 공이 있다고 여기신다면 왕국의 반을 저에게 주십시오."

헤르메스는 당황했다. 자기 땅도 아닌 펠롭스가 차지한 땅을 마음대로 나눠주라고 말할 수는 없었기 때문이다. 하지만 신의 약속은 무거운 법이다. 헤르메스는 미르틸로스의 소원을 들어줄 수밖에 없었다. 헤르메스는 자신이 구해준 펠롭스를 찾아갔다.

"헤르메스 신이시여, 오셨군요. 감사합니다. 제가 이 왕국을 차지할 수 있도록 도와주셔서 감사합니다. 그 은혜를 어찌 갚아야 할지 모르겠습니다."

"아니다. 나에게 훌륭한 신전을 만들어주지 않았느냐."

"그것으로는 부족합니다. 원하시는 게 있다면 무엇이든 말씀하십시오. 기꺼이 들어드리겠습니다."

"그렇게 말하니 이야기하마. 난감한 일이 하나 있다."

헤르메스는 자초지종을 이야기해주었다. 미르틸로스가 전차에 밀랍 쐐기를 박아놓지 않았다면 자신이 이 자리에 있을 수 없었을 것임을 펠롭스도 이해했다.

"미르틸로스의 공이 크군요."

"그러니 어떡하겠느냐? 그대의 왕국이니 그대의 선처를 바랄 뿐이다."

"걱정하지 마시고 올림포스로 가십시오. 이 문제는 제가 해결하겠습니다."

"고맙구나."

헤르메스는 골치 아픈 문제를 떠넘기고 재빨리 올림포스로 돌아가 버렸다. 그날 밤 펠롭스는 밤새도록 잠을 설치며 생각했다. 어떻게 얻은 땅인가. 그리고 어떻게 얻은 왕비인가. 나라를 제대로 통치하고 세력을 길러 위대한 왕이 되고 싶은 야망이 있는데, 전차를 손봐준 대가로 미르틸로스에게 땅의 반을 줘야 하다니. 있을 수 없는 일이었다.

'그래. 이 땅은 내 거야. 미르틸로스는 주제넘은 주장을 하고 있는 거고.'

새벽녘쯤 펠롭스는 결론을 내렸다. 아침이 되자 그는 신하들을 모아놓고 그날 할 일을 지시한 뒤 조용히 미르틸로스를 불렀다.

"미르틸로스, 헤르메스 신에게 그대의 소원을 들었다."

미르틸로스의 얼굴이 환해졌다.

"감사합니다. 제 소원을 들어주시려는 거군요."

"두말하면 잔소리다. 내가 어찌 그대의 은혜를 모르겠는가? 자, 온 나라가 잘 보이는 저 산 위로 올라가보자."

펠롭스는 높은 산 위에 올라가 아래를 내려다보며 말했다.

"자, 여기서부터 여기까지가 나의 영토다. 이것을 반으로 나눠 저 바닷가 절벽에 있는 큰 바위산에서부터 오른쪽은 자네가 갖고 왼쪽은 내가 가지면 어떻겠느냐?"

"감사합니다. 주시기만 한다면 무엇이든 감사하게 받겠습니다."

"정확하게 하기 위해 나와 함께 저 산에 말뚝을 박으러 가자."

그들은 바닷가로 걸어 나갔다. 한참 걸어가 낭떠러지까지 와서 적당한 위치를 찾았다.

"어디쯤이 좋겠는가?"

땅을 갖게 된다는 생각에 미르틸로스는 기뻐서 좌우를 살피며 어디에다 말뚝을 박아 선을 그어야 될까 고민했다. 그 순간이었다. 펠롭스가 등 뒤로 다가가더니 미르틸로스를 절벽 아래로 밀어버렸다.

"너의 땅은 바닷속에서나 찾아라!"

"아아악!"

미르틸로스는 낭떠러지에서 떨어지면서 저주의 말을 남겼다.

"은혜를 모르는 자여, 너에게 저주가 있을 것이다!"

그의 저주가 온 세상에 퍼졌다. 악령들이 몰려와 듣는 것만 같았다. 펠롭스는 당황해서 헤르메스에게 바로 기도를 올렸다.

"헤르메스 신이시여, 저를 보호해주십시오. 저 저주로부터 저를 지켜주십시오."

헤르메스는 올림포스에서 이 모든 걸 지켜보고 있었다. 자기 아들의 운명이 여기까지인 것을 이미 알고 있었기 때문이다. 그런데 펠롭스가 저주에서 구해달라고 기도해 온 것이다. 펠롭스는 큰 잘못을 저질렀다. 헤르메스의 아들을 죽였을 뿐만 아니라 은혜를 원수로 갚은 것이다. 펠롭스는 살아 있는 동안 수없이 많은 질병과 저주와 고통을 감당해야만 했다. 그러다 결국 불행한 죽음을 맞이했다. 펠롭스는 이 같은 잘못을 저질렀지만, 사람들은 그의 이름을 따서 이 땅에 펠로폰네소스라는 이름을 붙였다.

주석으로 쉽게 읽는

고정욱 그리스 로마 신화 ❸

초판 1쇄 인쇄 2024년 12월 27일
초판 1쇄 발행 2025년 1월 17일

지은이 고정욱
펴낸이 이범상
펴낸곳 (주)비전비엔피 · 애플북스

기획 편집 차재호 김승희 김혜경 한윤지 박성아 신은정
디자인 김혜림 이민선
마케팅 이성호 이병준 문세희 이유빈
전자책 김희정 안상희 김낙기
관리 이다정

주소 우) 04034 서울특별시 마포구 잔다리로7길 12 (서교동)
전화 02) 338-2411 | **팩스** 02) 338-2413
홈페이지 www.visionbp.co.kr
인스타그램 www.instagram.com/visionbnp
포스트 post.naver.com/visioncorea
이메일 visioncorea@naver.com
원고투고 editor@visionbp.co.kr

등록번호 제313-2007-000012호

ISBN 979-11-92641-55-3 04840
979-11-92641-52-2 04840 [SET]

• 값은 뒤표지에 있습니다.
• 잘못된 책은 구입하신 서점에서 바꿔드립니다.